KB188759

토끼들의 섬

La isla de los conejos

엘비라 나바로 소설

엄지영 옮김

토끼들의 섬

La isla de los conejos

비채

토끼들의 섬

La isla de los conejos

그는 통나무배를 만들어 과달키비르 강에 띄우려 했
다. 스포츠에 관심이 있는 것도 아니고 자주 사용할 목적
으로 배를 만든 것도 아니다. 강에 있는 작은 섬을 모두 답
사하고 나면 배는 창고에 두거나 팔아버릴 생각이었다. 비
록 그가 만든 물건은 발명품이라 하기는 어려웠지만 그는
스스로를 발명가로 여겼다. 사용 및 제작 설명서를 참고한
적이 없기 때문이었다. 그는 자신이 떠올린 모든 아이디어
를 발명이라고 간주하기 시작했다. 이미 만들어진 물건을
조립하기 위해 무엇이 필요한지 스스로 발견하는 것이 그

가 사용한 방법이었다. 보통 몇 달이 소요되었고, 그는 이 일이 진정한 천직이라고 여겼다. 다시 말해, 이미 발명된 것을 발명하는 일 말이다. 그가 얻은 즐거움은 주말 등산 객이 산 정상에 도달할 때 느끼는 쾌감과 비슷했다. 그럴 때마다 그는 개인의 성취감이란 왜 그렇게 이상한 느낌인지 궁금했다. 가짜 발명가는 공예 학교에서 일했다. 자신의 강의가 학생들에게 매우 유용했음에도 불구하고, 그는 아침이면 아무런 성취감도 느끼지 못한 채 수업에 나갔다.

어린 시절부터 그는 바다로 뻗어 있는 지협地峽이나 반도, 아니면 무인도를 여행하겠다는 꿈을 품었다. 열여덟 살 때, 부모님이 타바르카 섬에 함께 가자고 했다. 거기가 무인도라면서 말이다. 그는 그곳이 덤불만 무성한 황무지이리라 생각했지만, 정작 눈앞에 나타난 것은 허름한 집이 늘어선 거리 일곱 곳, 높은 담, 교회, 등대, 그리고 호텔 두 개와 작은 항구였다. 부모님은 함께 휴가를 가자고 설득하기 위해 타바르카 섬에 아무것도 없다고 과장했는지도 모른다. 그를 혼자 집에 남겨두고 싶지 않았을 테니까. 하지만 그가 사람이 살지 않는 곳에 가고 싶다고 말했을 때, 그 의도를 정확히 이해하지 못했을 가능성도 있다.

도시 가장자리를 따라 흐르는 과달키비르 강에 섬이 몇 개나 있는지 헤아리기 힘들었다. 특히나 일부 섬은 작은 반도처럼 보여 애를 먹었다. 9월의 어느 아침, 그는 선착장으로 가서 자기가 만든 통나무배를 강에 띄웠다. 배를 조종하는 요령을 익히느라 며칠을 보냈다. 일단 방법을 터득하자 본격적으로 탐험을 시작했다. 몇 주 동안 비가 한 방울도 오지 않았다. 가뭄으로 수위가 크게 낮아졌고, 잔잔한 강물에서는 지독한 냄새가 났다. 그는 불안과 걱정에 휩싸인 채 섬 주변을 맴돌았다. 배를 물가에 댈 수조차 없었다. 자기가 배를 기민하게 움직일 수 있을지 의심스러웠다. 강기슭이 진창이라서 함부로 내렸다가 미끄러져 넘어지고 배가 떠내려갈까 봐 두려웠다. 썩은 물을 마시지 않으려 입을 꾹 다물고 헤엄쳐 돌아갈 생각만으로도 끔찍했다. 게다가 자연 그대로의 모습, 그러니까 온갖 벌레가 윙윙거리며 들끓는 덤불과 진흙땅을 뒤덮은 새똥을 보자 등골이 오싹했다. 한때는 아름답다고 생각했지만, 자연이란 그저 새의 무게나 병으로 인해 구부러진 나무, 떼 지어 날아다니는 벌레, 오물에 썩어버린 관목 정도에 불과했다.

통나무배를 타고 돌아다닌 지 닷새째 되던 날, 그는

과달키비르 강의 굽이를 넘어가보기로 마음먹었다. 남쪽
으로 노를 저어가는 동안 시골 평원의 완만한 언덕을 볼
수 있었다. 거기 있는 섬들은 크기가 작고 바위투성이인데
다 두드러기가 난 것처럼 다닥다닥 붙어 있었다. 그는 섬
주변으로 힘겹게 노를 저어 나갔다. 마지막 섬을 지나치
려는 순간, 갈대 사이로 물에 둥둥 떠 있는 남자 시체가 눈
에 띄었다. 속옷 차림으로 엎드려 있었고 등에는 주먹만
한 물집이 가득했다. 9월인데도 여전히 뜨거운 햇빛 때문
에 생긴 건지, 아니면 몸속에 더러운 강물이 들어차서 생
긴 건지 알 수 없었다. 강물에서 악취가 풍겼다. 그는 즉시
민방위대에 신고했다. 얼마 지나지 않아 경찰관이 도착했
지만, 타고 온 구명정이 너무 커서 갈대숲을 헤치고 들어
올 수 없었다. 다행히 구명정에 카누 한 척이 실려 있었다.
카누에 올라탄 뚱뚱한 경찰관이 노를 저어 다가왔다. 그는
구명정으로 가 현장을 떠나도 되는지 물었다. 뻣뻣해진 시
체가 강 밖으로 끌려 나가는 모습을 보고 싶지 않았다. 고
개를 돌려 저쪽을 보는 순간, 물고기 떼가 생내장을 뜯어
먹는 장면을 마주하리라 생각하자 온몸에 소름이 돋았다.

그는 사체를 발견한 후로 여러 날 동안 강 근처에도

가지 못했다. 시간이 조금 흐른 뒤에야 저녁에 다시 섬 주변을 산책하기 시작했다. 어느 날, 그는 용기를 내 선착장에서 가장 가까운 섬에 발을 디딘 후 거기서 살기로 결심했다. 이제 도시 생활에 신물이 난다고, 아무도 하지 않는 일을 한다는 생각에 마음이 설렌다고 속으로 중얼거렸다. 그가 도시의 거리를 돌아다닐 때면 가끔 떠올리던 터무니없는 생각이기도 했다. 도시는 지나치게 자기중심적이어서 억지로 그를 중심부로 끌고 들어가려는 듯 보였다. 하지만 솔직히 그는 하필 구역질 나는 좁은 땅에서, 도시보다 훨씬 더 역겨운 느낌이 드는 그 땅에서 살기로 결심한 이유를 도저히 설명할 수 없었다.

강기슭에서 가장 가까운 섬이지만, 수풀이 우거져서 안쪽이 보이지 않았다. 그는 섬 한가운데를 뒤덮은 덤불과 몸통이 너무 가늘어 밧줄처럼 보이는 나무를 모조리 베어냈다. 그토록 허약한 나무가 어떻게 무성한 가지와 잎을 버티고 있었을까? 그는 카키색 대신 빨간색 텐트를 치기로 했다. 텐트를 치면 외부와 차단되었지만, 온몸이 벌레로 뒤덮인 채 깨어날지 모른다는 공포는 그대로였다. 더 높은 곳에서 잠을 자면 구더기에서 완전히 벗어날 수 있을 것만 같았다. 구더기는 땅 여기저기를 더럽히고 되는 대로 우글거리면서 포식자를 감지하는 것처럼 보였다. 새들은 모래에 부리를 박고 뒤적여 어렵지 않게 구더기를 찾아 잡아먹었다. 구더기는 무진장한 먹잇감이었지만, 새들이 늘 그것만 먹지는 않았다. 구더기는 대부분 물로만 이루어져 영양가가 많지 않았기에 다른 벌레를 잡아야 했을지 모른다. 어느 날 오후, 그는 구더기 한 마리를 손바닥에 올려놓고 찬찬히 뜯어보았다. 춤추듯 꿈틀거리는 구더기를 손가락으로 살짝 누르자 작은 풍선처럼 터졌다.

날마다 섬에서 잠을 잔 것은 아니었다. 만약 그랬더라면 미쳐버리고 말았을 테다. 일주일에 두어 번 거기서 깨는 것으로도 충분했다. 과달키비르 강에 떠 있는 자그마한 섬에서 밤을 보낼 때면, 새벽녘에 윙윙거리는 소리가 들렸다. 올빼미가 공격할 때를 제외하고 새들은 조용히 밤을 보냈다. 이따금 포플러나무에서 쫓겨날 때 날개를 푸드덕거리는 소리만 들렸다. 어둠이 내려앉으면 머리를 날개 아래 처박고 가슴을 부풀린 새 떼가 나뭇가지에 빽빽이 들어찼다. 나뭇가지 끄트머리에서 자던 녀석이 꾸벅꾸벅 졸다가 종종 떨어지기도 했다. 하지만 그를 정말 괴롭히는 것은 밤에 새들이 떨어지면서 내는 소리가 아니라, 해 질 녘에 좋은 나뭇가지를 찾기 위해 서로 싸우며 내는 날카로운 소리였다. 너무 요란해서 좁디좁은 땅에 대체 얼마나 많은 새가 모여들었는지 가늠조차 할 수 없었다. 줄잡아 수천 마리는 될 듯싶었다. 꽥꽥거리는 소리가 거의 한 시간 동안 귀청을 울렸다. 헤드폰 볼륨을 최대한 높여 음악을 들었지만 아무 소용 없었다. 심지어 쫓아버리려고 텐트 밖으로 나가 소리도 질러보았지만 녀석들은 그가 있는지도 몰랐다. 그의 고함은 대양 한가운데 떠다니는 해초 한 조각만큼이나 보잘것없었다. 어쩌면 녀석들은 그를 자기 무리 중 괴상한 새쯤으로 여겼는지도 모른다. 고래고래 소리를 지른 바람에 목이 아팠지만, 기괴한 표정을 지으며 악을 쓰다 보니 속이 후련해졌다. 그 사실을 인정하고 싶지는 않았다. 그는 종종 시간 감각을 잊고 새들이 모두 잠든 깊은 밤중에도 계속 울부짖었다. 그때 강변을 따라 산책하는 사람이 있었다면, 무슨 짐승이 우나 보다 여기면서 섬 쪽을 바라보았을 것이다.

새들은 자고 번식하고 죽기 위해 섬을 찾아왔다. 섬 전체가 새 둥지와 배설물로 가득 찼다. 집에 돌아가 샤워를 해도 몸에 밴 배설물 악취가 없어지지 않았다. 섬에 우글거리는 하얀 새는 분명 골칫덩어리였다. 선착장 부근에서 낚시하던 어느 노인이 그렇게 말했다. 가짜 발명가는 새의 이름을 물었지만 노인도 몰랐다. 인터넷 검색으로도 찾지 못했다. 그는 과달키비르 강의 동물도감을 훑어보았다. 섬에 있는 새는 책 속의 해오라기와 생김새가 전혀 달랐다. 그는 더 찾아보지 않았다. 설령 그 새가 어떤 종에 속하는지 알아낸다 해도 상관없었다. 자기를 무시할 뿐만 아니라 돌팔매질을 해도 아랑곳하지 않고 잠만 자는 녀석들에게 일주일에 두어 번 악을 쓰는 인간이 되겠다는 결심에는 변함이 없었다. 분노를 삭이지 못해 허약한 나무 몸통을 마구 흔들어도 새들은 보는 척조차 하지 않았다. 그럴 때면 나무 꼭대기가 좌우로 움직이다가, 때때로 심하게 흔들리기도 했다. 가지가 흔들거릴 때마다 그는 건장한 짐꾼이 섬을 어깨에 짊어지고 걷는 듯한 착각이 들었다.

몇 주가 지나자 가짜 발명가는 섬을 차지한 것이 정당한 행위라고 확신했다. 텅 빈 땅에 거주하는데 허락을 구할 필요가 있겠는가? 그는 나머지 섬에 아직 사람의 손길이 닿지 않았다는 사실이 좀처럼 믿기지 않았다. 하지만 그 정도는 최악의 사실이 아니었다. 가장 견디기 어려운 것은 삼십만 명이 넘는 도시 주민의 호기심 부족이었다. 그렇게 많은 사람 중 코앞에 있는 섬을 찾아간 사람이 어떻게 한 명뿐이었을까.

그는 누가 훔쳐 가는지 보기 위해 일부러 텐트에 돈을 남겨두기 시작했다. 과달키비르 강에서 배를 타고 노를 저어 가는 이가 모두 도둑일 리는 없지만, 숨어서 무언가를 노리는 강도나 거액의 지폐를 보고 슬쩍할 배고픈 부랑자가 분명 있을 것이었다. 그는 매일 텐트에 50유로가 남아 있는지 확인했다. 돈은 늘 자리에 그대로 있었다. 아무도 집어가지 않았다. 아무도 섬에 발을 들여놓지 않았다.

이미 발명된 것을 발명하지 않을 때면 가짜 발명가는 스스로 예술이라고 부르지 않는 설치물을 만들었다. 그는 짖을 때 앞다리를 움직이고 눈에서 빛을 내는 장난감 강아지 열 마리의 천 외피를 벗겼다. 그런 다음 강아지를 토끼 우리에 집어넣고 발 밑에 벗긴 외피를 깔았다. 리모컨으로 강아지를 움직이게 하는 장치도 고안했다. 친구들이 집에 찾아왔을 때, 그는 리모컨 버튼을 눌렀다. 외피를 벗긴 장난감 강아지들이 멍멍 짖으며 자기 껍질 위에서 다리를 앞

뒤로 움직였다. 동시에 눈에 노란 불이 켜졌다.

　친구들이 그 설치물을 동물 보호 캠페인을 벌이는 단체에 팔자고 제안하자 그는 어깨를 으쓱했다. 이런 아이디어는 이미 누군가가 써먹지 않았을까? 정확히 기억나지 않지만, 어디선가 비슷한 것을 봤기에 그 아이디어가 떠올랐으리라고 생각했다. 그래서 그는 자신의 설치물이 예술이라고 칭찬받는 것을 극구 사양했다. 성급하게 전시했다가 다른 이의 작품을 모방했다고 입방아에 오르내릴까 두려웠다. 아이디어를 어디서 얻었는지 기억할 수 없다손 치더라도, 그는 자신이 독창성이라는 관념을 아예 믿지 않을뿐더러 오랫동안 열심히 그런 주장을 펴왔는데 왜 비난이 두려운 건지 도무지 이해할 수 없었다. 장난감 강아지로 가득 찬 토끼 우리 말고도 그는 아주 다양한 작품을 만들었다. 가령 찬장에서 기계 벼룩이 펼치는 서커스, 홈파티에서 손님들이 직접 치즈를 녹일 수 있도록 사용하던 다리미 두 개로 만든 샌드위치 토스터, 이십 년 넘게 먼지 쌓이고(이제 먼지라기보다는 쓰레기 덩어리였다) 세상을 떠난 친척들의 죽은 세포가 그 속에 잠들어 있어서 더욱 소중한 책더미 등이었다.

그가 섬에 토끼를 풀어 새를 쫓자는 아이디어를 떠올린 것은 장난감 강아지를 넣어둔 토끼 우리 덕분이었다. 그는 더는 섬에서 밤을 새우지 않기로 마음먹었다. 이미 소리도 지를 만큼 질렀다. 토끼를 관찰하고 낮잠을 자기 위해 텐트는 그대로 두기로 했다. 가을이 깊어지면서 시계도 한 시간씩 늦춰졌다. 오후 4시에 노를 저으며 시원한 강바람을 즐긴다고 해도 더는 정신 나간 사람 취급을 당하지 않을 것 같았다. 물론 심한 가뭄으로 인해 강물에서 여름 못지않게 악취가 났지만 말이다. 그는 엄청나게 빠르게 번식하는 토끼 스무 마리(수컷 열 마리와 암컷 열 마리)를 샀다. 조만간 섬에는 토끼 먹이가 부족해질 것이다. 가짜 발명가는 먹을 것이 떨어지면 토끼가 땅에 있는 새 둥지를 공격하리라고 생각했다. 섬에서 새끼를 기를 수 없으면 새들은 당연히 다른 섬으로 날아가버릴 테다.

토끼들은 아주 하얗고 긴 털과 빨간 눈을 가지고 있었다. 흰토끼는 회색이나 밤색 토끼보다 비쌌지만, 새와 털 색깔이 같다는 것이 무엇보다 중요했다. 그는 토끼를 퍼뜨려야 자신도 계속 섬에서 살 수 있다고 속으로 중얼거렸다. 그는 토끼를 텐트에까지 들였다. 안에 있으면 햇빛을 피할 수 있는 데다, 섬의 땅이 굴을 파기에 적합하지 않았기에 토끼는 텐트를 좋아할 수밖에 없었다. 텐트에 들어온 토끼들은 털이 없어서 쥐처럼 보이는 새끼를 낳았다.

토끼들이 풀을 다 먹어치우자 새 둥지에서 알이 사라졌다. 알은 토끼가 특히 좋아하는 먹이였다. 그는 토끼들이 푸르스름한 빛깔의 얇은 껍질을 먼저 갉아 먹으려고 싸우는 모습을 여러 차례 목격했다. 하지만 녀석들은 새끼 새를 놓고는 싸우지 않았다. 가짜 발명가의 눈에 새끼의 살을 먹는 행위는 마지못해 결정한 어쩔 수 없는 선택처럼 보였다. 둔한 머리로 잔인한 상황을 나름대로 이해하는 듯, 슬픔마저 느껴졌다. 그가 생각하기에 토끼의 행동은 주인인 자신의 인간성과 일치했다. 그래서 토끼들이 처음에는 양심의 가책을 느끼는 듯 보이다가, 얼마 지나지 않아 뼈조차 남기지 않게 되자 놀랐다(어떤 사람이라도 그랬을 테다). 토끼들은 우선 날카로운 앞니로 새의 목덜미를 공격했다. 그러고 나면 떨리는 주둥이와 가는 수염이 눈 색깔과 똑같이 피로 빨갛게 물들었다. 얼마 되지도 않는 살점을 다 뜯고 나면, 녀석들은 마른 나뭇가지가 분질러지는 이상한 소리를 내며 한동안 뼈를 갉아 먹느라 여념이 없었다.

토끼들은 심지어 부리까지 깨끗이 먹어치웠다. 그런 다음, 털이 다시 하얗게 될 때까지 부지런히 몸을 단장했다.

토끼 떼가 잔치를 벌이는 동안 새들은 가슴이 미어지는 듯 구슬픈 울음소리를 내며 주변을 날아다녔다. 새끼가 바위 뒤에서 나타나기라도 할 것처럼 몇 시간 동안이나 범죄 현장을 떠나지 못하고 맴돌았다. 그는 새가 토끼를 공격할 생각을 전혀 하지 않는다는 점이 이상했다. 우르르 몰려들어 날카로운 부리로 토끼 눈알을 뽑아버리면 간단할 텐데, 새는 집단으로 움직이는 본능이 없는 듯했다.

섬에서 태어난 토끼가 살과 알 외에는 아무것도 먹지 않을 것이고, 그런 부자연스러운 상황이 불행한 결과를 초래하리라는 점을 그는 전혀 예측하지 못했다. 새들은 너무 어리석어서, 아니면 너무 무모해서 한동안 계속 섬에 둥지를 틀었다. 하지만 둥지가 점차 사라지자 가짜 발명가는 토끼 새끼도 같은 운명을 겪고 있다는 사실을 깨달았다. 어느 날 아침, 그는 토끼 새끼들이 자꾸 사라지는 이유를 목격했다. 같은 종족이 새끼를 잡아먹은 것이다. 그 광경을 보고 겁에 질린 그는 그 짐승이 자신의 연장延長이라는 생각을 버렸다. 새와 마찬가지로 토끼 역시 커다란 재앙이라는 생각까지 들었다. 그런데도 그는 계속해서 토끼를 찾아갔다. 생각 없이 그들을 섬에 풀어놓음으로써 타락시켰다는 죄책감을 떨칠 수 없었다.

어느 날, 그는 토끼들에게 사료를 주었다. 토끼는 코를 킁킁거리며 냄새만 맡더니 이내 소름 끼치는 짝짓기에 몰입했다. 그들은 먹기 위해 번식하는 법을 배웠고, 결과적으로 짝짓기 횟수는 점점 늘어났다. 가짜 발명가는 환경의 필연성과 요구로 인해 임신 기간이 단축되었음을 깨달았다. 암컷이 새끼를 낳으면 모두가 새끼 토끼를 먹었다. 조용히 출산이 이루어지는 동안, 토끼들은 마치 어미를 잡아먹을 수도 있다는 듯한 눈초리로 그 광경을 지켜보았다. 토끼가 둥지에 더는 관심을 보이지 않자 새들이 다시 섬에 둥지를 틀었다.

강기슭에서도 텐트가 보였지만 그는 전혀 신경 쓰지 않았다. 섬에 쳐놓은 텐트는 도시 순환 고속도로 다리 아래 있는 집시나 거지의 천막과 크게 다르지 않았다. 먼저 성가시게 굴지 않는 한, 그들이 거기서 못 자게 막는 이는 없었다. 섬은 강 건너편에서 어렴풋이 보이는 역사유적지구에서 멀리 떨어진 곳에 있었다. 텐트 맞은편에서는 도시의 끝자락이 보였다. 보기 흉한 신축 아파트를 제외하면 전혀 중요하지 않은 경기장과 그 옆쪽 쇼핑몰만 덜렁 서 있었다. 섬에 있는 그의 모습이 도시 끝자락에서 보일 때도 있었다. 그럴 때면 어린아이들은 선착장에서 그를 향해 손을 흔들며 자기도 통나무배에 태워달라고 소리를 질렀다. 가짜 발명가는 알 듯 모를 듯한 표정으로 고개를 절레절레 흔들었다. 아이들이 관심을 보일 때마다 기분이 좋으면서도 한편으로는 걱정스러웠다. 섬에서 무슨 일이 벌어지는지 들키고 싶지 않았다. 특히나 선착장에 서면 토끼들이 어슴푸레하게 보였다. 하얗고 작은 공이 서로 부딪치는 듯한 풍경이었다. 달빛이 환하게 비추는 밤이면, 토끼 털빛이 새의 하얀 깃털과 비슷해서 마치 새들이 땅바닥에서 잠든 것처럼 보이기도 했다.

텐트에서 나가면 토끼는 새끼를 절대 잡아먹지 않았다. 새끼를 먹는 것이 자연의 법칙에 어긋남을 잘 알고 있는 듯했다. 토끼들이 자기 새끼를 잡아먹는 광경을 보고 있으면 영혼이 오그라드는 기분이었다. 토끼들의 잔인함이 가증스러웠다. 하지만 토끼들이 잠잠할 때 지켜보고 있노라면 그들에게는 최면을 거는 듯한, 장엄한 무언가가 있는 것 같았다. 정체를 알 수 없는 그 느낌은 시간이 흐르면서 더 커졌는데, 자연에 반하는 행동과 관련이 있는 듯했다. 저들이 더는 토끼가 아닐지도 모른다는, 아니면 자기 종에서 단 한 번도 일어나지 않은 사건에 휘말렸다는 사실을 어떻게든 알고 있을지도 모른다는 생각마저 들었다. 가짜 발명가는 기괴한 존재로 돌변한 토끼 때문에 이따금 슬퍼했다. 대체 어떤 상황에서 자기 새끼를 잡아먹게 되었는지도 잊어버렸다. 그 사건은 근본적 원인이 따로 없는 순전한 사실로, 새로운 세계를 열 운명을 지닌 사실로 다가왔다. 이 모든 일은 소리 없이 일어났다. 막 첫걸음을 내딛기 시작한 현실을 표현할 언어가 아직 없기 때문이었다. 가짜 발명가는 계속 섬에 갔지만 통나무배를 태워달라는 아이들의 요구에는 조심스러운 반응을 보이기만 했다. 밤에 할머니에게서 물려받은 커다란 집에서 잘 때면 아이들 부모가 꿈에 나타났다. 자신을 짓밟으려고 폭도처럼 악을 쓰며 달려드는 그들의 목소리가 들렸다. 그사이 방은 물로, 수영장의 파란 빛으로 가득 찼다. 그는 그 꿈이 토끼를 단념하면 깨끗이 사라질 흔한 망상이라고 혼잣말로 중얼거렸다. 그러나 자신의 몸가짐, 그러니까 토끼 옆에서 갑자기 움직임을 멈추는 모습만으로도 자신이 스스로를 토끼의 일원으로 느끼기 시작했음을 알 수 있었다. 어쩌면 별안간 희끗희끗해진 머리카락은 신성한 존재로 변한 토끼처럼 놀라운 흰색을 띠게 될지도 몰랐다. 가벼운 출혈로 인해 핏발이 선 그의 눈(안과의사 말로는 만성 결막염 때문이지만)은 토끼처럼 완전히 빨갛게 변하고 나면 다 나을지도 몰랐다.

그러던 어느 날, 가짜 발명가는 텐트를 걷고 다시는 섬에 가지 않았다. 강가 아파트 주민들은 섬에서 홀로 토끼를 기르던 미친 사람이 어떻게 되었는지 궁금해했다. 들리는 말로는 그가 사라진 지 몇 주 뒤 토끼가 모두 죽었고, 사체가 하얀 담요처럼 섬을 아름답게 뒤덮었다고 한다.

스트리크닌

Estricnina

스트리크닌 독성이 강한 무색의 알칼로이드 결정으로, 신경 자극제나 작은 척추동물을 죽이기 위한 유독물로 사용됨.

1

여자는 자신이 타고 있는 여객선을 우주선과 비교해
본다. 창문 모양이 어떤 곤충의 겹눈과 비슷하게 생겼다고
생각한다. 그러고는 아직 이름이 정해지지 않은 인물이 혼
잣말을 하면서 갑판을 걷는 모습을 지켜본다. 그 인물은
여성으로, 신중하고 차분하며 이지적으로 보여서 차가운
분위기를 풍긴다. 여자는 자신이 관찰한 것을 곰곰이 생각
중인데, 그 분위기 또한 냉랭하다. 여자가 관찰한 물체는
하얗고 더러우며, 물에 젖은 구두 밑창, 땀, 감자튀김, 그
리고 생선 냄새가 약간 난다.

앞으로 이야기는 여자가 낯선 사람인 것처럼 3인칭 시점으로 서술될 것이다. 여자는 방금 상상한 차분하고 냉정한 분위기 속에 자리 잡기를 원하며, 자신의 글 또한 그런 어조로 쓰기를 원한다. 그것은 앞으로 일어날 일을 예측하기 위해 새로운 두뇌를 시험해볼 가장 좋은 방법인 듯하다.

하지만 여자는 약간 의기소침해져서 누군가와 대화를 해보고자 한다. 어느 노부부에게 다가가는 동안 아랫입술이 파르르 떨리지만 막을 도리가 없다. 아무래도 노부부가 여자의 귓불에 걸린 발을 본 듯한 느낌이 든다. 그러자 여자는 카페테리아로 향한다. 옆쪽에 얼굴이 몹시 창백하고 배가 불룩 나온 사십대 남자가 있다. 갑자기 그 남자에게 모든 걸 털어놓고 싶은 충동을 느낀다. 여자는 머리를 포니테일로 묶고 술병 사이로 카운터 뒤에 있는 거울을 바라본다. 여자의 왼쪽 귀는 오른쪽 귀에 비해 훨씬 높이 달려 있다. 양쪽 귀의 위치가 그렇게 차이 나는데 남자는 전혀 알아차리지 못한다. 귀가 무겁게 느껴지는 데다 몇 시간 전부터는 점점 벌겋게 변하고 있었다.

2

여자는 작년에 도시 T를 방문했을 때를 떠올린다. 일행은 가이드를 따라 대성당을 구경한 뒤, 해안 산책로에 갔다. 안개와 뒤섞인 햇빛이 부드럽게 퍼져 나갔다. 이른 오후였고, 막 봄이 시작되었건만 여름이 온 듯 무더웠다.

가이드는 일행을 해변가 남쪽 성벽으로 인솔했다. 캔 맥주를 홀짝거리면서 바다로 걸어 들어가는 외국인 해수욕객 몇몇이 여자의 시선을 끌었다. 어떤 이들은 방파제 바위를 타고 올라갔는데, 쭉 따라가면 흙빛 요새가 있는 작은 섬으로 길이 이어졌다. 요새는 수평으로 긴 구조여서 바다에 떠 있는 작은 땅덩어리 같았다. 하지만 여자가 보기에는 군사 요새도 땅덩어리도 아닌, 도시에서 불룩 튀어나온 혹 덩어리였다.

3

마침내 여자는 여객선에서 내린다. 배를 타고 오는 동

안 내내 비가 내렸다. 세관을 통과하는 데만 한 시간이 넘게 걸린다. 택시(대부분 낡은 메르세데스다)에서는 축축한 가죽 냄새가 풍긴다. 여자는 계곡 길을 연상시키는 좁다란 메디나*의 거리를 걸어 올라간다. 백여 년 전 영화를 누리던 어느 호텔 방을 예약해두었다. 무거운 잿빛 구름이 하늘을 뒤덮고 있어 밤이 다가오는 것 같지만, 사실은 오후 3시밖에 되지 않았다.

여자는 만이 내려다보이는 뜰을 가로지른다. 프런트 데스크 직원이 여자의 귀를 노골적으로 보았고, 조롱하는 투로 말한다.

호텔은 어둠에 잠겨 있다. 여자가 예약한 방에는 침대 두 개, 낡아빠진 담요, 그리고 호텔이 지어진 1870년 이후 쭉 벽에 걸려 있었던 것 같은 태피스트리가 있다. 욕실만 새것이다.

여자는 자신의 이야기를 글로 적으려 하지만 겨우 보잘 것 없는 메모 몇 개를 끼적이는 데 그친다. 여자는 메모 개수를 헤아려본다. 폭풍이 잦아들자 여자는 거리로 나가

* 북아프리카의 이슬람 거주 지구나 구시가지.

시장으로 향한다. 떼 지어 몰려 있는 여인들이 보인다. 상인이 여인들에게 닭고기, 이집트 콩, 양파를 팔고 있다. 배를 갈라 거꾸로 매달아 놓은 양에서 역겨운 피 냄새가 퍼진다. 채소 이파리, 찌꺼기, 내장 등이 지저분하게 널려 있는 보도 위를 악취가 가득 메운다.

천과 아르간 오일을 파는 상점에 도착한 여자는 히잡을 사려고 안으로 들어간다. 가슴과 얼굴이 없는 반신 마네킹들이 형형색색의 머릿수건을 두른 채 썰렁한 실내 분위기를 주도하고 있다.

여자는 검은색 히잡을 사려고 한다. "무슬림 남자와 결혼하셨군요." 주인 남자가 말한다. 질문이 아니라 단정적인 말투다. "나는 베르베르인*이에요." 남자가 덧붙인다. 여자는 아무 대답도 하지 않고, 남자가 보는 앞에서 히잡을 쓴다. 그제야 남자는 여자의 귀를 눈치챈다. 남자가 길 맞은편 비누 상인과 농담을 주고받는 사이, 여자는 히잡을 제대로 쓰지도 가격을 흥정하지도 못한 채 서둘러 상점에서 나온다.

* 나일 계곡 서쪽 북아프리카의 토착 민족.

여자는 호텔로 돌아간다. 그러고는 방금 벌어진 일을 어떻게 소설화할지 곰곰이 궁리한다. 어떤 식으로든 설명하고 싶다. 자신이 겪고 있는 과정의 흔적을 남기고 싶다. 하지만 왜 그래야 하는가? 여자는 속으로 중얼거린다. 말로는 충분하지 않은 걸까? 이제는 연필을 쥐고 있기조차 힘들다. 마치 연필로 무언가 쓰려는 것이 손이 아니라, 귀에 매달려 있는 발인 것처럼 말이다. 모든 일이 너무나 빠르게 벌어지고 있다.

그날 밤, 만을 내려다보던 여자는 먼 해변에서 반짝이는 불빛을 보고도 자신이 무덤덤하다는 사실에 놀랐다. 사나운 폭풍이 안개를 몰아낸 후라 수정처럼 맑게 보이는 불빛을 보고서도 말이다. 여자는 아예 아무것도 느끼지 못한다. 심지어는 앞으로 다가올 며칠, 또는 몇 달 동안의 불확실성을 감안할 때 예상되는 두려움조차 느끼지 않는다. 자신의 변신이 얼마나 오래 지속될지도 전혀 모른다. 무엇보다 여자를 놀라게 하는 사실은, 가까운 사람에 관해 생각할 때마저 그들이 다른 사람의 기억 속에 있는 듯한 느낌이 든다는 점이다.

4

여자는 오전 11시에 일어났다. 오늘따라 귀가 무겁고 아픈 데다, 움직일 때마다 끽끽거리는 소리가 들린다. 불쾌감은 사물이 선명하게 보이면서 자취를 감춘다. 사물들은 그 어느 때보다 더 밝게 빛나는 것 같고, 거칠고 쉬이 변하는 질감처럼 보인다. 온갖 빛깔의 곤충으로 뒤덮인 듯한 느낌이다. 의자에서 벽에 걸린 태피스트리와는 또 다른 냄새가 난다. 여자는 냄새의 정체를 알아차린다. 먼지, 고양이 털, 흑단목黑檀木, 능수버들, 아편, 그리고 스트리크닌.

이제 발은 여자의 가슴 아래까지 늘어졌다. 한 뼘 정도 더 커진 데다, 작은 입이 달리고 거미처럼 움직이는 발가락도 자라났다. 여자가 책상에 앉아 일련번호를 매겨놓은 빈약한 메모를 보자, 발가락이 볼펜을 집어 든다. 그 끝에서 찍 하는 소리가 난다. 자세히 보니 발은 끈적거리는 니스로 덮여 있다. 감히 만져볼 엄두가 나지 않는다. 피가 모세혈관에 축적되었는지 귓불이 벌겋게 달아올랐다. 여자는 새로 난 발이 발가락으로 볼펜을 꼭 쥐고 휘갈겨놓은 메모 쪽으로 움직이는 모습을 지켜본다. 발은 메모에 무언가를 쓴다. 여자는 발이 집중한 채 무엇을 그렇게 맹렬한 속도로 쓰는지 보려고 볼펜을 빼내려 한다. 발은 볼펜을 빼앗기지 않으려고 움켜쥔다. 여자가 고무줄로 발을 머리에 묶으려 하자 녀석은 더 완강하게 버틴다. 신음을 흘리던 발가락이 곧 미친 듯이 중얼거리더니, 어정쩡하게 여자의 어깨를 친다. 그러고는 잠잠해진다. 여자는 발이 옆으로 힘없이 늘어지는 것을 느낀다. 당장 저 발을 잘라버리면 어떨까?

여자는 휴대전화를 확인한다. 어머니에게 전화해 모든 것을 사실대로 털어놓으면 어떨까? 번호가 매겨진, 이해할 수 없는 메모가 이제 와서 무슨 소용이 있단 말인가. 여자는 거대하게 변한 발이 우체국으로 기어가 메모들을 편지 봉투에 넣는 모습을 상상한다. 그리고 발이 엉망으로 휘갈겨 쓴 바람에 곱절로 알아보기 힘든 글씨를 퀭한 눈으로 보는 어머니의 모습도 떠올린다.

여자는 다시 책상에 앉는다. 벽을 뒤덮은 태피스트리의 꽃과 기하학적 문양을 보자 의식이 몽롱해진다. 문양이 움직이는 것처럼 보인다. 하지만 실제로 움직이는 것은 낡고 좀이 슨 천의 실 사이를 기어다니는 진드기 떼다. 여자는 소리 없이 움직이는 진드기의 소리를 듣고, 그 움직임의 미묘한 차이를 구분한다. 진드기는 자그마한 생쥐처럼, 긴 머리카락에서 돌아다니는 이처럼 폴짝폴짝 뛰다 멈추고는 가느다란 실 사이를 헤쳐 나간다. 칠십 년, 아니 백년 묵은 먼지가 태피스트리에 앉아 있지만 여자의 눈에는 색이 전혀 바래지 않은 것 같다. 저 안에는 한때 사막의 모래였을 미세한 입자도 있다. 하지만 너무 오래된 탓에 이제는 이름조차 붙일 수 없다.

다음 날 발은 10센티미터가량 더 자랐다. 이제는 발을 묶기도 어려워서 여자는 다시 그 히잡 상점에 가기로 한다. 거리로 나가니 세상이 밝게 빛나고 있다. 상쾌한 아침을 즐기는 듯, 발도 가볍게 흔들거린다. 행인들은 서양 옷도, 그렇다고 아랍 옷도 아닌 천에 싸인 채 불룩하게 튀어나온 것을 신기하다는 눈으로 바라본다.

"히잡 세 개 주세요." 여자는 서툰 프랑스어로 말한다.

상점 안 마네킹들은 주인보다 더 현실적으로 보인다. 여자는 그에게 발을 애써 숨기지 않는다. 주인은 발이 쭈뼛거리며 자기를 향해 발가락 세 개를 내미는 것을 보고 백지장처럼 안색이 창백해진다. 주인이 비명을 지르며 밖으로 뛰쳐나간다. 여자도 그를 쫓아 달려간다. 여자는 그를 놀래려는 것이 아니라, 단지 히잡값을 치르려는 것뿐이다. 그러나 여자는 뛰어가는 중에 왜 남자를 뒤쫓는지조차 잊어버렸다. 어느 순간, 갑자기 남자가 먹잇감처럼 보인다. 그는 그레이하운드처럼 날씬하다. 하지만 여자는 그보다 더 빨리 달린다.

헤라르도의 편지

Las cartas de Gerardo

버스를 타고 가면서 아이팟으로 스티비 원더의 노래를 듣는 중이야. 헤라르도는 조바심을 내고 있고. 너라는 노래가 있어. 헤라르도에 대한 생각을 떨치려고 나는 온 힘을 다해 너를 떠올려. 원하지도 않는 여행을 하면서 나는 왜 여기 있는 거지? 너는 지금 어디 있는 거야? 혹시라도 헤라르도가 옆에 있는데 네가 전화할까 봐 방금 휴대전화를 껐어. 내가 늦게 와서 헤라르도는 아직도 화가 나 있어. 심지어 내가 오는지 보려고 버스 터미널 밖까지 나왔더라. 내가 보이면 길 맞은편에서 신호등을 기다리는 중이라고 버스 운전사에게 알려주려고 말이지. "정 안 오면, 당신을 두고 떠나자고 운전사에게 말하려던 참이었어."

아직도 비가 내리네. 헤라르도가 내 손을 잡았어. "이번 여행에서는 다투지 않았으면 좋겠어." 나는 헤드폰을 벗고 그에게 다시 말해달라고 했어. 그는 언짢아했지만 나는 신경 쓰지 않았어. 아무튼 그는 나를 믿고 싶어하거든. 괜한 말을 해서 화나게 만들었다고 잠시 후회했지만, 나를 그렇게 만드는 건 언제나 헤라르도라고 속으로 되뇌었어. 헤라르도의 손이 나를 계속 무겁게 짓누르고 있어. 그러니까 또 네 생각이 나. 사실 이번 여행은 겁이 나서 억지로 떠난 거야. 분노의 물결이 다시 나를 덮쳐와. 무게에 짓눌려 으스러지기 전에 어서 손을 놓아야겠어. 내 어깨에 기대고 있는 그의 머리에서도 벗어나고 싶어. 나는 매몰차게 머리를 밀어내고 자리에서 일어났어. 그러고는 가방에서 책을 찾는 척해.

그러고 나니까 마음이 편해졌어. 그는 정말로 내가 무언가 찾는 줄 알더라. 이슬비를 맞으며 나를 기다린 바람에 헤라르도는 온몸이 다 젖었어. 벌벌 떠는 모습이 불쌍하지만 그래도 덤덤해 보여서 마음이 좀 놓여. 단 이틀이야. 이틀만 지나면 모든 게 끝나.

　　우리가 묵을 호스텔은 탈라베라에서 3킬로미터 떨어진 곳에 있어. 우리는 택시를 타고 갔어. 프런트 데스크에는 아무도 없지만 열린 문을 통해 텔레비전 소리와 깜박거리는 빛이 새어 나왔어. 로비에 들어가 인사를 건네. "안녕하세요?" 소파에 앉아 다리를 쭉 뻗고 졸던 땅딸막한 남자가 벌떡 일어섰어. 그러고는 아무 말 없이, 미소도 짓지 않은 채 우리에게 다가왔어. 어중간한 난쟁이(나도 큰 편은 아니지만 남자는 나보다 더 작아. 그렇다고 연골발육부전증 환자 같지는 않아)는 우리를 로비로 데려가. 납작하고 투박해 보이는 얼굴이야. 기름으로 떡 진 머리, 지저분한 옷(청바지는 다 해지고 스웨터는 검붉은 빛이야), 시커멓게 때가 낀 손톱에 거칠고 투덕투덕한 손. "방을 예약했는데요." "헤라르도 데 파코 씨?" "네." "신분증 보여주시겠습니까?" 동굴에서 말하는 듯, 은밀하게 울려 퍼지는 목소리. 남자는 우리 방 열쇠를 들고 계단을 걸어 올라가. 우리도 뒤따랐어. 3층. 하얗게 칠해놓은 복도에, 갓을 씌우지 않은 전구가 천장에 대롱대롱 매달려 있어. 남자는 방문에 열쇠를 꽂았어. 방은 생각보다 넓은데 세면대조차 없어. 헤라르도는 내 반응을 지켜보고 있어. 싫어할 것을 뻔히 알면서 나를 관찰하는 거야. 그만큼 나를 잘 안다는 이야기이기도 하지. 그 정도로 잘.

헤라르도가 문을 닫았어. 이제 방에는 헤라르도와 나, 단둘뿐이야. 아직 짐도 못 풀었는데, 초록색 방충망이 달린 아주 작은 창문 밖으로 벌써 밤이 요동치고 있어.

"어때?"

"좀 지저분하네." 내가 말했어.

"10유로짜리에 뭘 바라?"

헤라르도는 자기 배낭 옆에 웅크리고 앉아 라디오를 꺼내더니, 다시 일어나 파카를 벗었어. 그가 움직이는 방식은 그야말로 효율성의 표본이지. 물론 이건 비난이야. 그는 마리화나를 물고 귀가 안 들리는 노인인 양 스포츠 채널을 있는 대로 크게 틀어놓은 채, 어디서든 편히 지낼 수 있음을 과시라도 하듯 침대에 드러누워 있어. 이왕 말이 나온 김에 덧붙이자면, 그의 배낭에는 꼭 필요한 물건 말고는 아무것도 들어 있지 않아. 그마저도 어디 하나 흠잡을 데 없이 완벽하게 정리되어 있지. 배낭은 굳이 말할 것도 없어. 가격도 쌀뿐더러(그는 유명 상표를 굉장히 싫어하거든) 그가 여태껏 산 것 중 가장 좋은 물건이라 해도 과언이 아니야. 무게가 엉덩이와 등 사이로 분산되기 때문에 아주 편안하게 메고 걸을 수 있거든. 주머니 개수도 넉넉하고 침낭 세 개를 매달 수 있는 끈도 달려 있어. 내 배낭하고는 전혀 달라. 내 것은 말이 좋아 배낭이지, 엘 코르테 잉글레스 백화점에서 산 스포티한 스타일의 가방에 불과하니까. 게다가 비싸기만 할 뿐 실용적이지도 않고 아무짝에도 쓸모가 없어. 방금 전 헤라르도가 배낭 옆에 웅크리고 있었을 때도 그렇고, 지금 털로 뒤덮인 지저분한 바둑판무늬 담요에 누워 있는 모습을 보니 왠지 화가 나. 나는 숨을 깊이 들이쉬며 생각에 잠겨. 담요에서 털과 먼지 냄새가 나는 것 같아.

"저녁 먹으러 안 가?"

"먹을 것이 남아 있는지 먼저 물어봐야겠는데." 그가 팔을 뻗어 마리화나를 건넸지만 나는 거절했어. "그럼 이거 다 피울 때까지만 기다려."

"더 꾸물거리면 주방 닫을 거 같은데."

헤라르도는 마지못해 텔레비전 라운지까지 나를 따라왔어. 그는 두 달 전부터 전혀 허기를 못 느끼는 것 같아.

내가 그 말을 했을 때부터 아무것도 당기지 않는 모양이야. 땅딸보는 또 소파에서 졸고 있어. 이번에는 헤라르도가 그에게 말을 걸었어.

"죄송한데, 샌드위치나 간단한 요깃거리 좀 준비해 줄 수 있나요?"

땅딸보는 어둠 속에서 우리를 훑어보고 있어. 우리가 하는 말을 못 들었거나, 유령이라도 본 것처럼 어리둥절한 표정으로.

"잠깐만요." 그가 말했어.

잠시 후 그가 잔뜩 인상을 쓰며 식당으로 들어오라고 손짓했어. 식당은 텔레비전 라운지 바로 옆인데, 꽤 널찍해. 안쪽에 반짝이는 철제 카운터가 보여. 아마 왼편에 수북이 쌓인 식판을 쉽게 밀 수 있도록 설치한 모양이야. 땅딸보는 손으로 어느 테이블을 가리키더니, 곧장 주방에 들어갔어. 그러고는 여러 종류의 접시를 들고 나왔어. 마늘과 함께 올리브유에 볶은 껍질콩, 소시지, 마른 감자 토르티야*. 테이블에는 바둑판무늬 테이블보를 깔아두었는데,

---

*　다진 고기와 양파 등을 양념하여 볶은 것을 프라이팬에 지진 계란으로 감싼 스페인식 오믈렛.

군데군데 토마토 얼룩이 묻어 있어. 스푼과 포크, 나이프에도 음식 찌꺼기가 남아 있고. 내가 먹기 시작하자 땅딸보는 어디론가 사라졌어.

"그렇게 나쁘지는 않지?"

나는 어깨만 으쓱했어. "구역질 나와"라고 말하고 싶었지만 속으로 꾹 참았지. 그러자 헤라르도가 또 같은 말을 했어.

"10유로짜리에 뭘 바라?"

방으로 돌아와서, 나는 의자에 앉아 헤라르도를 유심히 살펴봤어. 꽤나 심각한 표정이야. 눈 밑 살이 광대뼈까지 축 늘어져 있어. 7킬로그램 정도는 빠진 것 같아. 그는 피우다 만 마리화나를 재떨이에서 집어 들고 불을 붙여. 내가 그에게 말했어.

"할 일 하고 있어. 주위를 한번 둘러보고 올 테니까."

나는 문을 열면서 내 가방 안을 흘끗 봤어. 꺼놓은 휴대전화가 보이는군. 헤라르도는 휴대전화를 보는 내 눈빛에서 무언가 이상한 낌새를 눈치챈 것 같아. 아랑곳하지 않고 복도로 나갔어. 복도는 두 갈래로 갈라졌어. 하나는 계단으로, 다른 하나는 빨간색 문이 달린 몇 개의 좁은 통로로 이어져 있어. 저 끝에 목욕 가운을 걸친 여자애가 스툴에 앉아 있어. 아직 어려 보여. "숙제 다 했어?" 어느 방에서 나온 남자애가 그렇게 물었어. "아니." 여자애 목욕 가운은 허벅지까지 벌어져 있어서, 진줏빛으로 반짝이는 다리가 훤히 드러나 보여. 어디서 남자애가 또 하나 나타나더니, 셋이서 대학교 입학시험의 수학 문제에 관해 이야기를 나누었어. 고등학교 3학년 학생인 것 같아. 이번 학기 동안 이 호스텔에서 묵으면서 학교에 다니는 모양이야. 보아하니 그레도스 산맥의 어느 마을 출신인 것 같아. 나를 바라보는 그 탐욕스러운 눈길들이 거북하게 느껴져. 저 애들 입에서 튀어나오는 말이 거미줄로 변하기 전에 어서 자리를 피하는 게 좋겠어. 나는 미로처럼 복잡하게 얽힌 복도와 빨간색 문을 가로질러 계단을 내려갔어. 넓다란 텔레비전 라운지는 텅 빈 채 어둠에 잠겨 있어. 불을 켜자, 유명인들로 이루어진 호르르 바쿠이* 작품이 한쪽 벽면을 가득 채운 게 보여. 대형 포스터는 물론, 엽서나 잡지에서 오려낸 사진도 있어. 그중에서도 에바 가드너, 험프리 보

---

* 예술 작품의 표면을 세부적 묘사나 내용으로 채워 공백을 최대한 없애는 기법.

가트, 비비언 리, 매릴린 먼로, 사라 몬티엘이 눈에 띄는 군. 뉴 키즈 온 더 블록은 텔레비전 위에 세워져 있고, 창문을 덮은 알레한드로 산스와 스파이스 걸스가 내게 미소를 지어 보이고 있어.

"넌 이런 곳을 좋아하더라." 그 순간 안쪽에서 헤라르도의 목소리가 들려와. 그제야 공기에 마리화나 냄새와 썩은 습기가 진하게 배어 있다는 사실을 알아차렸어.

헤라르도가 분명해. 하지만 인조 가죽 소파에 웅크리고 앉아 먹이를 노리는 땅딸보였을지도 몰라.

우리는 다시 방으로 올라갔어. 거기서는 내 휴대전화도 조용히 나를 감시하고 있었어. 나는 전원을 켰어.

"전화 올 데 있어?" 헤라르도가 묻네.

그의 목소리가 이상하게 갈라지더니, 목이 막히는 것처럼 가쁘게 숨을 내쉬었어.

"아니."

"휴대전화는 왜 꺼놓았어?"

"그래야 배터리가 안 닳으니까."

"그 남자와는 헤어졌다고 했잖아. 이제는 서로 전화도 안 한다면서?"

"미안." 내가 중얼거렸어.

나는 칫솔을 들고 화장실로 갔어. 위험한 메시지는 모두 지웠지만 그래도 걱정스러워. 방으로 돌아와 보니 다행히 휴대전화는 두고 간 자리에 그대로 있었어. 하지만 헤라르도가 화장실에 간 사이, 실제로 탄로 날 만한 것이 없는지 확인할 때까지는 마음을 놓을 수 없었어.

나는 내 침대(이쪽 담요도 털로 뒤덮였고 더러웠어)에 앉아 다음에 벌어질 일을 기다렸어. 헤라르도가 물에 젖은 세면도구 가방을 들고 들어왔어. 평소의 효율성은 온데간데없이 사라진 모습이야. 그는 내 휴대전화를 집어 들더니 강박적으로 내용을 확인했어. 부재중 전화, 발신 전화, 그리고 메시지를 확인하는 모습을 옆에서 지켜봤어. 그러자니 갑자기 화가 치밀어. 그는 휴대전화를 침대 옆 소탁자에 내려놓더니 부끄럽다는 표정을 지으며 나를 바라봤어.

"비밀번호를 바꾸는 게 좋겠어. 미안해."

"미안해할 것 없어."

"미안해." 그는 같은 말을 되풀이했어.

그는 다시 침대에 눕더니, 헤드폰을 쓰고 마리화나를 피우기 시작해. 나는 옷을 벗고 이불 아래로 들어갔어.

"불 좀 꺼줘." 내가 말했어.

대략 2시쯤 된 것 같아. 그런데도 이상하게 잠이 오지 않아. 나는 머릿속으로 그의 곁을 떠날 계획을, 더 정확히 말하면 내일이나 우리가 마드리드로 돌아가는 일요일에 그와 어떻게 헤어지면 좋을지 궁리하고 있어. '이제 다 끝났어. 이쯤에서 헤어지는 게 좋을 것 같아. 사실 나는 우리 관계를 끝내기 위해서 이 여행을 따라온 거야. 더 지속해 봐야 아무 의미도 없을 테니까…….' 이렇게 말이지. 하지만 그럴 수는 없어. 헤라르도의 고뇌가 내 몸에 달라붙어서 나를 꼼짝도 못 하게 하거든.

이삼 년 전, 내가 브뤼셀로 일하러 가는 바람에 우리는 육 개월 정도 헤어져 지냈어. 그때 나는 그에게 장문의 편지를 자주 보냈어(그 당시만 해도 나는 이메일이 느긋함과 지연의 원칙을 짓밟는다고 생각했지). 내가 편지에서 무슨 말을 해도 헤라르도는 별다른 말을 하지 않았어. 편지에 쓴 내 말이 감쪽같이 다른 것으로 둔갑해버린 듯했어. 그걸 단지 질투의 결과라고 치부하기에는 어딘가 석연치 않은 구석이 있더라고. 하지만 그의 질투심은 모든 일을 일으키는 원동력이 되었어. 질투심에 사로잡히면, 그는 마치 내가 장차 일어날 손해에 대한 대가를 치러야 한다는 듯이 이해할 수 없는 반감과 증오심으로 위협했어. 처음에는 전혀 눈치채지 못하고 계속 그에게 편지를 썼어. 그런데 그 후로도 통화할 때면 언제나 무덤덤한 목소리가 흘러나오고, 편지에도 묵묵부답으로 일관하더라고. 그러다 보니 편지를 쓰는 일에 죄책감마저 들더라니까. 당시 쓴 편지에는 의심을 불러일으킬 만한 어떤 내용도 담기지 않았어. 하지만 내가 산책 이야기만 써도 그에게는 추잡한 현실(물론 그의 판단이야)을 감추려는 노력처럼 보인 모양이야.

이 방에, 이 복도에, 그리고 이 호스텔 전체에 흐르는 침묵은 내 편지에 대한 헤라르도의 침묵이나 마찬가지야. 내가 그에게 뭐라고 하든 전혀 중요하지 않아. 다만 그의 집착이 있을 뿐이야. 나는 어떤 일이 있어도 그 집착을 무시하지 않아. 다른 문제를 언급하지 않으려고 담요에 붙은 털에 관해 이야기하는 듯 행동할 뿐이지. 비록 지금은 그런 집착이 정당한 것이라고 해도, 결과는 내가 브뤼셀에 살면서 그를 속이지 않았을 때와 같아. 실제로 어떤 일이 일어나는지는 별로 중요하지 않아. 그의 두려움이 명확하고 구체적으로 드러났기 때문에 중요해진 것뿐이지. 내가 곁에 누워 있어도 침묵을 이어가려는 그의 욕망을, 그리고 내 입을 벌려 무엇이든 말하게 하려는 그의 속셈을 어떻게 모르겠어. 밤에 헤라르도가 잠들기를 기다리며 뜬눈으로 잠자리에 누워 있을 때가 많아. 그에게서 어떤 소리도 들리지 않고, 오직 침묵만 존재하는 그 순수한 기쁨을 누리기 위해서. 그러고 나면 다리 근육이 부드럽게 풀리며 호흡이 느려지는 것이 느껴져. 헤라르도의 눈길을 피해 내가 원하는 대로 꿈꾸고 움직이면서 사는 순간이 기적 같아.

하늘이 잿빛으로 물들었어. 날씨가 어떤지 알려면 초록색 방충망을 통해 밖을 내다봐야 해. 우리는 탈라베라로 가는 길을 물어보기 위해 프런트 데스크로 내려갔어. 그러자 땅딸보는 십 분만 기다리면 하얀색 새 승합차가 와서 우리를 태워줄 거라고 해. 우리는 뒷좌석에 탔어. 승합차 안이 무지 추운데도 땅딸보는 문을 닫지 않아. 잠시 후, 헤라르도가 그에게 물었어.

"더 올 사람이 있어요?"

"아뇨." 그가 대답했어.

그런데도 땅딸보는 출발하지 않아. 승합차 문을 여전

히 열어둔 채로 말이지.

"가능한 한 빨리 탈라베라에 가면 좋겠는데요. 아직 아침도 못 먹어서 말이죠."

"자판기에서 커피라도 한 잔 뽑아 마시지 그랬어요? 좀 더 일찍 일어나든지. 여기는 아침식사를 11시면 다 마친단 말이에요." 땅딸보가 대답했어.

그는 세 차례의 재빠른 동작으로 승합차 문을 모두 닫았어. 헤라르도가 볼멘소리로 투덜거렸어. "왜 저러는 거야? 저 자식 바보 아니야?" 나는 그를 진정시키기 위해 팔에 손을 얹었어. 땅딸보가 미치광이처럼 운전하지 않게 싸움을 피하고 싶었거든. 헤라르도와 말싸움이라도 났다가는 정말 그런 일이 벌어질 것만 같았어. 좁고 험한 시골길로 가면 왠지 불안한 마음이 들거든. 온갖 미신이 떠오르고 말이야. 점점 커지는 헤라르도의 말소리 뒤로 끼익하는 타이어 소리와 무언가 부딪히는 소리가 들리고, 허공을 날아다니는 물체도 보여. 그런 게 너무 심해서 나는 차에 탈 때마다 죽을 각오를 해. 그런데 웬일인지 땅딸보는 승합차를 느리게 몰아. 오히려 너무 느긋해서 속이 터질 지경이야. 불현듯 승합차가 질풍 같은 속도로 내달려 두려움을 불러일으키면 좋겠다는 생각이 들어. 사실 그건 두려움이 아니라 속도에 몸을 맡길 때 느껴지는, 아니 승합차가 충돌해 산산조각 나도 상관없다는 묘한 전율과 쾌감이야. 탈라베라에 도착해서 우리는 샌드위치를 먹고 도자기 박물관에 갔어. 그런 다음, 좁은 골목길이 끝없이 이어지고 살을 에는 듯 추운 도시를 몇 시간이나 산책했지. 우리는 간신히 차를 얻어 타고 호스텔로 돌아왔어. 나는 방에 들어가기 겁나서 어두워지기 전에 주변을 한 바퀴 돌고 오자고 고집을 피워. 대략 1킬로미터 너비의 공터로 분리된 두 도로가 숙소 건물과 평행으로 뻗어 있어. 도로를 건너가자고 했지만 헤라르도는 너무 늦었다며 나를 말려. "그럴 바에는 차라리 공터나 돌아다니는 게 낫겠어." 물론 저 풍경의 끝을 넘어가고 싶은 마음이 아직도 간절하지만 나는 마지못해 고개를 끄덕여. 저 너머에 무엇이 있는지 알고 싶은 마음이 들 때마다 나는 항상 조급해져. 마치 약속 시간에 늦은 것처럼. 우리는 사방에 짙은 어둠이 깔릴 때까지 일직선으로 걸어간 다음, 호스텔과 자동차 헤드라이트 불빛을 따라 돌아왔어. 너무 어두워서 우리 운동화조차 보이지 않았어. 어쩔 수 없이 땅만 보고 걸었는데, 그러자니 불안해서 견딜 수가 없어. 잘못하다가는 낭떠러지 아래로 떨어지거나 전갈 집이라도 밟을 것만 같았거든. 걷고 있다기보다 발이 독수리 발톱처럼 땅을 파고드는 것 같았어. 농구장에 도착했을 때 헤라르도에게 윗몸일으키기를 할 테니까 발목을 잡아달라고 했어. 바닥이 너무 차가워서 몸을 구부렸다 펴기 힘들었어. 헤라르도가 내 앞에 웅크리고 있는 데다 머리가 자꾸 내 무릎을 스쳐서 불쾌한 기분이 들더라고. 그래서 그만뒀어. 조금 황당한 결론이긴 하지만, 상대방의 문제나 집착에 몰입하는 일이 연인 사이에서 통상적인 것일 수도 있겠다는 생각이 들었어. 그런 생각은 낭만적 환상에서 비롯된 것 같아. 우리를 사랑하고 우리가 사랑하는 특별한 존재를, 그리고 우리의 극히 기이한 행동마저 기꺼이 받아들여주는 특별한 존재를 찾을 수 있다는 착각 말이야. 탈라베라에서 3킬로미터 떨어진 어두컴컴한 농구장에서 밤 9시에 윗몸일으키기를 하자는 것처럼. 어쩌면 그런 생각에 내가 미처 알아차리지 못한 좋은 점이 있을지도 모르지. 어쩌면 그런 터무니없는 상황은 헤라르도와 나처럼 이미 멀어질 대로 멀어진 관계만 단적으로 보여줄 뿐인지도 몰라. 헤라르도는 나를 제외한 모든 이가 이런 문제를 당연하게 받아들인다고 생각하니까. "넌 제정신이 아냐." 내가 소리 높여 그런 주장을 펼치면 그는 이렇게 면박을 줘. 그럴 때마다 내가 느끼는 이 감정이 지독한 외로움으로, 심지어 진짜 광기로 느껴지더라고. 내가 정말 미친 건지 아니면 헤라르도 때문에 미쳤다고 생각하는 건지 모르겠어. 아무튼 그와 함께 있으면 정신이 이상해지는 것 같아. 헤라르도가 올바른 판단 능력을 모두 앗아간 이상 그가 없으면 나는 이 세상에서 내 뜻대로 움직일 수도 없을 테니까.

식당에 들어갔는데 접시를 전부 치웠더라고. 아직 10시도 안 됐는데. 우리는 헤어네트를 쓴 할머니에게 왜 그렇게 빨리 닫는지 물었어. 그랬더니 할머니는 저녁을 먹으려거든 호텔에 가보라고 하는군. 콩을 곁들인 햄과, 기름진 튀김 속에 닭고기가 들어 있는 완벽한 타원형의 커틀릿. 메뉴는 이게 다였어. 나는 그중에서 콩만 먹었어. 햄과 닭고기는 옅은 분홍색을 띠고 있어. "고기는 거의 익히지도 않았네." 헤라르도가 말했어. 어젯밤에 본 여자애가 저쪽 식탁에 앉아 있어. 또래로 보이는 남자애 일곱 명과 같이 있는데, 모두 고등학생인가 봐. 그들은 식사를 마치고 플라스틱 컵에 재를 털면서 담배를 피우더니 남은 음식에 비벼 껐어.

"샤워하고 올게." 나는 방에 들어가자마자 말했어.

가방에서 목욕 가운과 슬리퍼를 꺼내 문을 나서려는데 헤라르도가 말했어.

"여기서 벗어도 돼. 손끝 하나 안 건드릴 테니까."

나는 등을 돌리고 옷을 벗었어. 자신의 존재를 알리려고 안간힘을 쓰는 그의 모습이 눈에 선해. 목덜미에 꽂히는 불쾌한 시선 때문에 발이 청바지에 걸리면서 바닥에 쓰러졌어. 나는 자리에서 일어나 브래지어와 셔츠를 입은 채로 목욕 가운을 걸치고 문을 나섰어.

쉴 새 없이 물을 뿜어내는 샤워기 아래에 가만히 서 있어. 손가락이 쭈글쭈글해지고 욕실 거울에 뽀얗게 김이 서릴 때까지. 그러다 이리저리 서성거리며 다른 샤워 부스의 문을 하나씩 열어보았어. 거기에는 음습한 곳에서 사는 새까만 벌레들이 날아다녔어. 문을 쾅 닫아 벌레를 쫓아냈어. 놀란 벌레 떼가 거울 주변으로 몰려가면서 거울에 매달린 물방울이 뚝뚝 떨어졌어. 발이 너무 시려서 다시 샤워하는 게 좋을 것 같았어. 하지만 샤워 부스 벽에 바글바

글한 벌레를 쫓아낼 엄두가 나질 않아 방으로 돌아갔어. 헤라르도는 청바지를 발목까지 내린 채 수음을 하고 있어. 나를 보지도 않아. 나는 옷을 집어 들고 헤어드라이어 전선을 끌면서 그가 사정하기 전에 서둘러 방을 나갔어.

다시 까만 벌레가 구석구석 진을 치고 있는 욕실로 몸을 피하기로 했어. 콘센트가 없을까 봐 걱정이야. 그렇다면 텔레비전 라운지로 내려가 머리를 말리는 수밖에 없겠지. 그러자 인조 가죽 소파에 널브러져 〈그란 에르마노〉의 세 번째 시즌을 보고 있을 고등학생들 모습이 눈앞에 떠올라. 놀라운 건, 아무리 애를 써도 다른 프로그램을 보고 있는 장면을 상상할 수 없다는 점이야. 왜 그런지 곰곰이 생각해보니, 아무래도 내 기분과 관련이 있는 것 같아.

텔레비전을 재미있게 보는데 옆에서 헤어드라이어 소리를 내면 싫어할 텐데. 그 아이들에게 허락을 구하고 싶지는 않지만, 절대 방으로 돌아가지도 않을 거야. 헤라르도는 땅딸보가 나를 토막 내 수영장 옆의 바 냉동고에 집어넣었다고 생각할지도 몰라. 지금이 우리 관계를 완전히 끝내기에 가장 좋은 때야. 새벽 6시에 짐을 가지러 방으로 올라간 다음, 택시를 부를 거야. 그때쯤 헤라르도는 잠들어 있을 테니까. 다른 연인의 경우, 경찰이 실종된 사람을 찾으려고 숙소 전체를 뒤질 테니 그런 이별 계획은 상상할 수도 없을 거야. 하지만 헤라르도와 나는 기상천외한 짓을 하는 데 이미 이골이 나 있어. 내가 종일 나뭇가지에 거꾸로 매달려 있고 싶다고 해도 그는 조금도 개의치 않을 거야. 이것이 거의 일 년 전까지만 해도 그를 버리고 떠날 생각조차 하지 못한 또 다른 이유지. 다시 말해, 나는 평범한 삶을 극도로 싫어하는데 헤라르도와 함께 있으면 그 어떤 면에서도 평범할 염려가 없다는 거야. 그와 함께 있으면 모든 것을(가령 분노도, 생각도, 심지어는 혐오감도) 극단으로 몰고 가다가 결국 격앙된 삶에 이르게 되겠지. 문제는, 그렇게 격앙된 상태로 살다 보면 언젠가 나 자신을 어딘가로 내동댕이치고 말 거라는 점이야.

다행히 욕실에 콘센트가 있네. 빗을 깜박하는 바람에 손으로 엉킨 머리를 풀어야 해. 윗머리와 앞머리만 정리해야겠어. 머리카락이 쫙 펴지지 않는 걸 보면 탈라베라의 공기가 건조한 편은 아닌 모양이야. 어쩌면 탈라베라의 기후 때문이 아니라, 샤워 부스의 상태, 그러니까 수도관과 늪이 뒤섞인 냄새를 풍기면서 바닥 타일에서 올라오는 축축한 기운과 관련이 있는 것 같아. 나의 레게 머리는 크리 놀린*을 씌워둔 듯 제멋대로 꼬이고 부풀어 올랐어. 하지 만 그것보단 속눈썹 뷰어나 초록색 아이라이너를 가져오 지 않은 게 더 짜증 났어. 잘 챙겨 나왔더라면 얼굴을 아주 일부라도 정돈할 수 있었을 텐데. 스스로를 돌아보며 아주 조금이라도 내가 아름답다고 호의적으로 평할 수도 있고 말이야. 헤어드라이어를 들고 욕실에서 나왔어. 계단에 가 려면 방문을 지나가야 했기에 발끝으로 조용히 걸었어. 층 계참에 도착했을 때 걸쇠를 풀고 방문을 여는 걸 보면 헤 라르도는 내 발소리를 듣고 있던 게 분명해. 나는 무작정 달렸어. 로비에 도착할 때까지 한 번도 쉬지 않았지. 나는 행복감에 젖었어.

"나탈리아?" 그가 세 층 위에서 부르는군.

하지만 나는 아무 대답도 하지 않았어.

"나탈리아, 너야?" 그가 또 물어보자, 가슴에 벅차오 르던 행복감이 연민의 정으로 바뀌었어.

다시 걸음을 옮겨. 이제는 소리를 낼까 걱정하지도, 그

---

* 19세기 서양 여자들이 스커트를 부풀리기 위해 착용한 종 모양 버팀대.

가 내려와 밖에 나가는 내 모습을 볼까 걱정하지도 않아.

텔레비전 라운지는 텅 비어 있었어. 오늘은 토요일이야. 왜 고등학생들이 탈라베라로 놀러 갔을 거라고 생각하지 못했을까? 시내까지 걸어서 나갔을지 궁금하네. 그 아이들에게는 오토바이가 없었거든. 기껏해야 달빛도 없는 어두운 밤에 배수로 옆에서 묘기를 부리는 자전거 몇 대뿐이니까. 방 한구석에서 컴퓨터에 연결된 공유기가 반짝거리고 있어. 그 불빛 때문인지 이메일을 열어보고 싶어서 손이 근질근질거려. 종일 이메일을 확인하지 못한 터라, 왠지 중요한 소식이 와 있을 것 같은 느낌이 자꾸 들어서 말이야. 게다가 네가 메시지를 보냈을지도 모른다는 막연한 기대를 품고 있거든. 컴퓨터를 켜는 데 시간이 걸렸어. 방이 너무 추워서 헤어드라이어를 콘센트에 꽂은 다음 키보드 옆에 뒀어. 속으로 헤라르도를 욕하면서도 동시에 분노를 되찾아서 너무도 기뻐. 그에게 조금의 동정심이라도 품었다가는 자칫 내 결심이 위태로워질 수 있으니까.

받은 메일함에는 별로 중요하지 않은 메일이 네 통 들어 있어. 마지못해 답장을 쓴 다음 소파 하나를 끌고 와서 헤어드라이어를 텔레비전 옆 콘센트에 옮겨 꽂았어. 다리에 따뜻한 바람을 쪼이면서 텔레비전을 보려고 말이야. 너무 추워서 입김이 허공에서 얼어붙는 것 같아. 어쩌면 밖이 더 따뜻하고, 호스텔 안 공기는 얼음장같이 차가울지도 모르겠어. 가수들 포스터가 창문을 뒤덮어서 건물 길이가 얼마나 되는지 가늠이 안 돼. 갑자기 밖으로 나가서 눈으로 직접 확인하고 싶은 마음이 들어. 코트만 가지고 나왔다면 농구장 주변을 산책할 수도 있고, 앉아서 밤하늘 별을 관찰할 수도 있을 텐데. 지금 뭔가를 해야 해. 헤어드라이어를 왼쪽 발등에 올려놓고 인조 가죽 소파에 웅크리고 앉은 채로 내일까지 버틸 수 있을지 모르겠어. 그렇지만 피난처를 떠나는 일은 헤라르도와 마주친다는 의미야. 왜냐하면 지금 복도를 서성거리는 이도, 마리화나를 피우러 풀밭에 나간 이도, 탁한 물에 돌을 던지는 이도 헤라르도니까. 나는 트랜스 지방산에 관한 다큐멘터리를 봤어. 프로그램이 끝나고 여기를 떠나려니 몸이 조금 따뜻해진 것 같아. 수영장 옆쪽 바에서 쇼핑센터같이 밝은 불빛이 쏟아져 나오고 있어. 헤라르도가 땅딸보와 함께 저기 있는 것이 틀림없어. 저 하얀색 불빛은 밤의 친밀감을 모두 지워버려. 문턱을 넘는 순간 심문받는 느낌이 들어. 옷을 입고 있지만 왠지 벌거벗은 기분이라 내가 무슨 생각을 하는지, 텔레비전 라운지에서 무엇을 했는지 훤히 드러날 것만 같아. 이제 바를 떠날 힘조차 없어. 바 테이블에서는 고등학생 네 명이 맥주를 마시고 있어. 물론 헤라르도와 땅딸보도 거기 앉아서 술을 마시고 있고. 헤라르도는 마리화나도 피우고 있어. 찡그린 얼굴을 보니 대화에 열중하는 모양이야. 그렇지만 그는 내게 이렇게 말할 수밖에 없겠지.

"텔레비전은 네 것이 아니야. 이 친구들이 영화를 보고 싶었을지도 모르잖아."

자기들 이야기가 나왔는데도 학생들은 아무 반응이 없어. 자세히 보니 다들 눈이 빨갛네. 헤라르도가 마리화나를 몇 대 돌린 모양이야. 헤어드라이어 소리 때문에 호스텔이 밤에 어떻게 돌아가는지 까맣게 모르고 있었네. 여기는 나와 헤라르도가 즐겨 찾는 싸구려 클럽과 비슷한 분위기야. 한마디로, 무언가를 알게 되거나 특이한(대개의 경우 불결하고 음란한) 경험을 하게 되는 곳이지. 모든 것을 극단으로 몰고 가야 직성이 풀리는 우리 성향과도 잘 맞아떨어지는 곳이기도 해. 긴장을 풀고 아무 죄책감 없이 일상에 젖어들려면 맥주라도 몇 잔 마셔야겠어. 오늘 하룻밤 정도는 괜찮겠지. 이 밤만 지나면 다 끝날 테니까. 땅딸보에게 마오우* 맥주를 한 병 달라고 하자, 그는 냉장고를 가리켰어. 알아서 꺼내 마시라는 얘기지. 병따개가 없지만 물어보지 않았어. 대신 카운터를 샅샅이 뒤졌는데, 유리잔과 커피 잔, 그리고 티스푼만 쌓여 있네. 그러자 헤라르도가 팔을 뻗어 병따개를 건네줬어.

"고마워" 내가 말했지.

그는 아무 대답도 하지 않아. 그는 땅딸보가 하는 이야기에 고개를 끄덕이기만 해. 나는 맥주 한 병을 마시고 한 병을 더 꺼낼 때까지 계속 카운터 뒤에 있었어. 그러고는 거기서 나왔는데, 뭘 해야 할지 모르겠어. 바에는 문이 두 개 있어. 하나는 로비로, 다른 하나는 밖으로 나가는 출구야. 출구가 열려 있는지는 모르겠지만 잠금장치에 열쇠가 꽂혀 있어. 나는 그곳으로 가 시선을 끌지 않도록 문을 살짝 밀었지. 조심해서 힘을 주어도 문은 열리지 않았어. 열쇠를 돌리려고 좌우로 움직여도 봤지만 손에 자국만 남을 뿐 꼼짝도 안 하네. 학생들은 알아들을 수 없는 말을 자

---

*   1890년에 설립된 스페인 맥주 브랜드.

기들끼리 소곤거리거나 아예 아무 말도 하지 않고, 헤라르
도와 땅딸보는 마치 무대 위 배우처럼 보여. 이렇게 고요
한 바에서 열쇠를 돌리려고 안간힘을 쓰고 있자니 내가 아
토차 거리의 싸구려 식당에서 일하는 여자나 다름없게 느
껴져. 그런 곳에서 일하는 여자는 손님에게 음식을 내주면
서 고래고래 악을 쓰고 욕설을 내뱉잖아. 꼭 노래라도 하
듯 말이야. 여자의 노래와 빼까닥대는 구두 굽 소리에 대
화가 중단된 손님들은 가끔 조용히 미소 짓지만, 대부분
주책머리가 없는 이 가엾은 여인을 심각한 표정으로 바라
봐. 그러면 여자는 그 누구의 기분을 망치지 않게 조심하
면서, 욕설과 일반적인 대화를 번갈아가며 응대를 이어가
지. 하긴 굳이 그런 데까지 신경 쓸 필요가 없을지도 몰라.
왜냐하면 여자가 욕을 할 때 목소리는 평소 일반적 대화를
나눌 때와 전혀 딴판이니까. 원, 목구멍에 무슨 악마라도
사는지. 문이 드디어 열렸어. 다시는 바에 돌아오지 않으
리라 다짐하면서 밖으로 나가. 나는 술기운이 빨리 오르도
록 술을 벌컥벌컥 마셨어. 헤라르도와 땅딸보는 물론, 고
등학생 앞을 아무렇지 않게 지나갈 수 있을 만큼. 지금 나
로서는 다른 이들에게 받아들여지기 위해 내 자존심을 꺾

으려는 성향을 피하지 못할 것 같거든. 술에 대한 강박과, 일단 취하고 나면 제 세상 만난 듯 활개를 치고 다닐 거라는 믿음은, 헤라르도에게 복종하고 이를 통해 세상에 들어가고 싶은 욕망을 은폐하기 위한 것일 수도 있어. 나는 땅딸보가 나를 얼마나 삐뚤어진 시선으로 바라보고 있는지 알아차렸어. 그건 아마 내가 남자친구 곁에 붙어 있지 않은 데다 여자친구로서 내가 자신의 기대(땅딸보 입장에서는 자기에게 상상 이상으로 다정하게 구는 헤라르도가 너무 마음에 들었을 테니까)에 못 미친다고 판단했기 때문이겠지. 지금 나는 계단에 앉아 이따금씩 지나가는 트럭을 보고 있어. 여기는 내가 처음 생각한 것처럼 수영장 바가 아니라 일종의 로드하우스*인 것 같아. 하지만 요즘에는 그런 용도로 쓰이지 않아서 학생들을 위한 오락실로 둔갑했는지도 몰라.

두 병을 마셨더니 술이 더 당기네. 그래서 세 번째 맥주를 가지러 안으로 들어갔어. 발소리를 내지 않고 카운터로 살금살금 다가가. 병따개는 여전히 내 손에 있어. 헤라르도와 땅딸보, 그리고 고등학생들은 이미 맥주 대신 진

---

*   주로 국도 변에 위치하여, 통행객에게 음식과 술, 숙소 등을 제공하는 건물.

토닉을 마시고 있어서 병따개를 누가 가지고 있든 아무 상관도 없겠지만 말이야. 순간 학생들이 큰 소리로 떠들어. 바 안이 떠들썩해지면서 분위기도 좀 누그러지는군. 나는 당구대에 몸을 기대고 섰어. 문을 반쯤 열어뒀더니 차가운 공기가 실내로 들어와 마리화나와 담배 연기를 휘저어 올렸어. 천장 주변에 작은 안개 덩어리가 잠시 모였다 사라지네. 땅딸보가 나를 빤히 바라봐. 그런데 나를 향한 못마땅한 눈초리는 점차 탈라베라에서 공부하는 여학생, 라만차의 스칼릿 조핸슨을 향한 혐오스러운 욕망으로 변해갔어. 그 아이의 활기차고 관능적인 순수함이 땅딸보의 욕정과 맞닥뜨려야 하다니 서글프기만 해. 나는 얼굴을 찌푸리고 역겨운 표정을 지으며 땅딸보를 봤어. 그러자 그가 손가락으로 입술을 살며시 문지르더니 눈 깜짝할 사이에 나를 향해 애처로운 손 키스를 날리는 거야. 지질하면서도 경망스럽기 짝이 없는 작태. 자기 친구의 행동을 알아차린 헤라르도가 잠시 멈칫했어. 그에게 등을 돌린다는 것은 모처럼 사귄 친구를 잃는다는 뜻이 되겠지만, 계속 옆에 앉아 있다가는 주먹을 날릴 수밖에 없겠지. 땅딸보는 너무 취한 나머지 헤라르도의 얼굴이 붉으락푸르락하는 것도 알아차리지 못하더라. 헤라르도는 언제든 땅딸보에게 주먹을 한 방 먹일 태세였지만, 실제로 그가 기다리는 것은 나와의 언쟁이었지. 나는 자리에서 일어나 치미는 분노를 가라앉히려고 네 번째 맥주를 집어 들었어. 그러곤 땅딸보에게 말했지.

"술값은 우리 계산서에 올려놓아요."

그는 무어라 음란한 말을 중얼거리면서 손으로 나를 가리키더니 기분 나쁘게 이기죽이기죽 웃음을 흘렸어. 우리는 작별 인사도 건네지 않고 바를 나왔어.

나는 방에 들어오자마자 엉킨 머리를 빗었어. 생각보다 시간이 많이 걸리네. 그 사이 헤라르도는 마오우 맥주를 따서 마시면서 마리화나를 다 피운 다음 양치를 하러 욕실에 갔어. 그가 돌아왔을 때, 나는 속눈썹을 말아 올리고 있어. 그는 아무 말도 하지 않아. 심지어 우리를 기다리고 있는 일을 위해 내가 뒤늦게 몸단장한다는 사실을 이해하는 듯 보여. 내가 떠날 준비를 하고 있다고 말이야. 처음에는 내가 왜 그렇게 서둘러 목덜미에 엉겨 붙은 레게 머리를 풀고, 눈 화장을 해서 예뻐진 모습을 거울에 비춰 보려고 했는지 몰랐어. 이제 그 이유를 알게 되니 기분이 울적해졌어. 새벽 5시야. 나는 그에게 프런트 데스크까지 같이 가달라고 부탁했어. 땅딸보가 무서웠거든. 나는 택시를 불렀어. 수영장 옆쪽 바는 이제 텅 비었지만, 헤라르도가 학생들에게 나눠준 마리화나 냄새가 아직 짙게 배어 있어. 삼십 분 만에 택시가 도착했어. 땅딸보의 차와 비슷하게 생긴 하얀색 승합차인데 실내등이 켜져 있어. 택시 운전사는 마치 우리 가족이 칼에 찔려 죽었고, 시신을 확인시켜주기 위해 안치소로 데려가는 듯한 눈빛으로 우리를 바라봐. 헤라르도가 택시에 타지 않고 서로 행운을 빌어주는 모습을 보고 나서야 운전사는 조금 안심하는 것 같아. 평온해진 그의 얼굴이 마음에 들었어. 그 순간, 갑자기 생기가 돌고 활력이 넘치는 기분이야. 전날 밤처럼 캄캄해서 보이는 것이라고는 도로에 그려진 차선밖에 없는 이 밤에, 이런 기분으로 기차역까지 갈 생각을 하니 절로 신이 나.

역행

Regresión

기억이 빠르게 되살아나며 눈앞에 아른거린다. 열 살 때의 타마라와 그녀, 그리고 가운데가 열리는 여러 층짜리 인형의 집. 두 아이는 〈더 콜비스〉와 〈팰컨 크레스트〉 같은 미국 드라마를 흉내 내며 놀았다. 누가 어느 가문이 되고, 어떤 맨션을 차지할지 정하기 위해 제비를 뽑았다. 둘은 뽐내기 위해서 드라마에서 배운 '맨션'이라는 단어도 사용했다. 그들이 살던 도시에서는 아무리 호화스러운 집도 그런 이름으로 부르지 않았다. 〈더 콜비스〉와 〈팰컨 크레스트〉에 나오는 것만큼 으리으리한 집을 실제로 본 적은 없

지만, 둘은 호수와 포도밭으로 둘러싸인 대저택의 주인이
된 모습을 상상했다.

또 다른 기억이 떠오른다. 언젠가 타마라는 그녀를 라
칼라베라*의 울창한 숲으로 데리고 갔다. 숲 한복판에는
거지들이 가끔 자고 가는 공터가 있었다. 물 풍선 싸움을
하려고 거기 모인 아이들이 라 칼라베라에서는 아침 해가
뜨면 목이 잘린 새들을 가장 먼저 볼 수 있다고 했다. 아이
들의 형들은 거기서 사탄의 의식이 거행된다고 둘에게 귀
띔해주었다. 아이들이 풍선에 물을 채우기 전에 목이 잘린
새에 관해 이야기하자, 타마라는 깔깔대고 웃으며 조롱했
다. 그러고는 목 잘린 새 따위는 없다고 그녀에게 속삭였
다. 아이들이 말하는 것은 땅속 깊은 곳에 사는 이상한 동
물인데, 신체 일부가 잘려도 살아남을 수 있다고도 했다.
다시 말해 그 동물의 다리, 목, 몸통은 저 혼자서 뛰어다닐
수 있다는 것이다.

당시 그녀와 타마라는 부촌인 에스프리우 지구를 엘
카날과 구분 짓는 공원 부근에 살고 있었다. 엘 카날은 배

---

*　　작가의 말에 따르면 이 작품에 등장하는 지명은 모두 가공한 것이며, 어린 시절을
　　보낸 발렌시아 지역을 모델로 삼았다고 함.

수로로 양분된 옛날 동네였다. 오래된 배수로가 악취 풍기는 물을 바다로 흘려보내지만 관계 당국은 복개覆蓋할 생각조차 하지 않았다. 당국에서는 여름 몇 달 동안 하수구에 고여 썩은 내를 풍기는 배설물과 언제 무너질지 모를 정도로 노후된 건물을 피해 주민들이 알아서 이주하기를 은근히 바란다는 소문이 있었다. 당국은 에스프리우의 간선도로를 엘 카날을 가로질러 해변까지 확장할 계획을 세우고 있었다. 그렇지만 세입자가 죽은 뒤 아파트가 비면 집시와 마약쟁이 차지가 되는 것이 현실이었다. 그 당시만 해도 마약중독자가 주변에 널려 있었다.

또 다른 기억도 난다. 타마라를 따라 이아이아의 집에 간 어느 오후. 그녀는 매일 영어 수업이 끝나는 시간에 맞춰 대머리에 야물커*를 쓰고 타마라를 데리러 오는 할아버지를 보았다. 그녀와 타마라는 가톨릭 학교에 다니지 않았다. 그런데 어느 날, 자기 가족이 유대인이라는 타마라의 고백을 듣고 나자 이상한 기분이 들었다. 마치 그 아이가 인류에 속하지 않은 것 같았다.

---

*   유대인 남성이 예배 의식 때 쓰는 테두리 없이 작고 둥근 모자.

타마라의 할아버지와는 종종 이야기 나눌 기회가 있었지만, 할머니를 만나기까지는 오랜 시간이 걸렸다. 타마라의 이야기를 듣고 있으면 경외심과 신비의 오라가 할머니를 휘감고 있는 것만 같았다. "할머니는 제대로 움직이지도 못하셔." 타마라는 이렇게 말했다. "그런데 의자에서 일어서지 않고서도 도시에서 으뜸가는 아로스 알 오르노*를 만드시지." 타마라는 할머니와 점심을 먹는 일을 항상 비밀로 부쳤다. 그녀도 직접 물어보고나서야 겨우 알게 되었다. 마침내 타마라가 털어놓았다. "같이 **이아이아**의 집에 가자. 하지만 누구한테 말하면 죽여버릴 거야." 아무리 생각해도 노인을 찾아가는 일이 누구한테 말하고 싶을 만한 비밀일 리 없기에 그녀는 입을 다물었다.

타마라는 몰래 그녀를 **이아이아**의 집으로 데려갔다. 그녀는 집이 엘 카날에, 그것도 오래되어 외벽이 거무스름하게 변한 건물에 있어 놀랐다. 하지만 이러한 첫인상은 낡고 곰팡이가 핀 벽지와 전혀 어울리지 않는 인조 대리석 복도 끝에서 본 풍경에 비하면 아무것도 아니었다. 할머니

---

* 쌀, 콩, 감자, 고기, 토마토를 도기에 담아 오븐에 굽는 발렌시아의 전통 요리.

가 공중에 떠 있었다. 뚱뚱한 편인 데다 구운 가지 냄새를 풍기는 할머니는 거실 한 구석, 커튼 봉 옆에 뜬 채로 꼼짝도 하지 않았다. 할머니는 그들에게 등을 돌린 채 거리를 내다보고 있었다. 둘은 살금살금 거실을 가로질러 **이아이아**의 바로 아래로 갔다. 허벅지에 얼마나 지방이 많이 쌓여 있던지, 고개를 들면 살덩어리밖에 보이지 않았다. 반면 발바닥은 몸무게에 짓눌려 어린아이의 것처럼 납작하고 앙증맞았다. 할머니가 돌연 몸을 떨자 타마라가 공격적인 말, 어쩌면 아주 악랄한 말을 내뱉은 것 같다. 그들은 할머니에게서 눈을 떼지 않고 뒷걸음질로 거실을 빠져나왔다. 거실을 반쯤 가로질렀을 때 타마라가 그만 흔들의자에 부딪혔다. 그러자 할머니가 고개를 돌려 가구를 보듯이 차가운 눈빛으로 바라보았다. 타마라는 얼굴이 빨개졌다.

그날 오후, 타마라는 공원 벤치에 걸터앉아 할머니 몸이 가스로 가득 차서 허공에 떠 있는 거라고 설명했다. "땅속 저 깊은 곳에서 나오는 기체로 말이야." 그녀는 그렇게 떠다니는 **이아이아**가 어떻게 도시에서 가장 맛있는 아로스 알 오르노를 만들 수 있는지 묻고 싶었지만 꾹 참았다. 어쩌면 주방 도구를 모두 천장에 올려놓았는지도 몰랐다. 그녀는 타마라에게 집을 마저 다 보여달라고 조르지 않은 것이 후회스러웠지만, 모든 것이 지저분하고 말린 다랑어 냄새가 코를 찌르는 그곳에 더 머물렀다면 아마 속이 뒤집어졌을 것이다.

어떻게 그 일을 잊을 수 있었을까? 대체 무슨 일이 있었기에 현실 전체를 의심하도록 만든 그 경험이 다른 경험으로 대체되었을까? 어쩌면 그 경험이 너무 환상적이어서 그저 꿈으로 여겼는지도 모른다. 어쩌면 그 기억의 예외적인 성격을 제대로 소화하지 못했을지도 모른다. 그 집을 다녀온 뒤 며칠 동안 괴로워한 기억만 남아 있다. 말로 표현할 수 없을 정도로 심한 고통. 다음 날 아침, 스쿨버스에 탔을 때 그녀는 타마라가 삐쩍 마르고 지저분한 후아나와 함께 앉아 있는 모습을 보았다. 타마라는 그녀를 보지도 않았다. 평소 남 험담을 해서 따돌림을 피하던 후아나는 그녀에게 얄미운 미소를 지어 보였다. 그녀는 자기 자리에서 두 아이를 엿보면서 막돼먹은 후아나의 보복에 직면했다. 타마라가 자기를 짝으로 선택한 것에 만족하지 못한 후아나는 그녀의 가슴을 후벼 파야만 직성이 풀릴 모양이었다. 타마라가 쌀쌀맞게 돌변했다는 것이 도저히 믿기지 않았다. 그래서 그녀는 아무 일도 없었다는 듯이 태연하게 타마라에게 말을 걸 권리가 있다고 느꼈다. 쉬는 시간에 타마라가 눈길 한 번 주지 않은 채, 초콜릿 크루아상을 나눠 먹던 여자아이들과 어울려 당당하게 교실 밖으로 걸어 나간 것만으로도 분위기를 눈치채야 했다. 하지만 그것만으로는 충분하지 못했는지, 그녀는 타마라가 착각해서 자기를 몰라본 것처럼 굴기 시작했다. 타마라는 아이들이 우리 둘 사이에 끼어든 사실을 알아차리지 못한 걸까? 초콜릿으로 가득 찬 크루아상을 우적우적 씹는 아이들을 보면서 모략꾼들에게서 타마라를 떼어놓아야겠다는 생각이 들었다. "쟤들은 너를 이용하고 있어." 목소리가 힘없이 잦아들었다. 애처롭게 투덜거리듯 "너를"이라는 소리만 희미하게 들릴 뿐이었다. 다른 아이들은 모두 입을 다물고 있는데, 타마라가 크고 또렷한 목소리로 말했다. "나를 좀 가만히 내버려둘 수 없니? 네 얼굴만 봐도 구역질이 날 것 같으니까."

그 후로 몇 달 동안 "네 얼굴만 봐도 구역질이 날 것 같으니까"라는 말이 역겹고 수치스러운 후광처럼 그녀를 둘러쌌다. 그렇게 당차던 그녀가 이제는 학교 친구들이 손가락질하면서 쑥덕거리기만 해도 벌벌 떨면서 숨어 버렸다. 타마라의 배신으로 인해, 그녀는 자신의 패배를 절대 인정하지 않는 여자아이들처럼 심각한 우울증에 빠지고 말았다. "내가 뭘 잘못했다고 그래? 빌어먹을! 대체 왜 그러는 거야?" 어느 날 그녀는 엄마에게 소리를 질렀다. "빌어먹을"이라는 소리를 듣자 엄마는 아이의 뺨을 후려쳤다. 남은 학기 동안 그녀는 항상 혼자 다녔다.

그렇다고 타마라를 증오하지는 않았다. 오히려 그리워했다. 그녀는 아무도 눈치채지 못하도록 멀찌감치 떨어진 곳에서 종종 타마라를 지켜봤다. 그리고 따돌림당하는 아이들과 함께 시간을 보냈다. 따돌림당하는 이유도 여러 가지였다. 뚱뚱한 아이, 못생긴 아이, 범생이, 멍청한 아이, 청교도적인 아이, 고자질쟁이, 남자 같은 아이가 주요 대상이었다. 사춘기로 접어든 그녀는 자기에게 어떤 꼬리표가 붙었는지도 모른 채, 에스프리우 지구와 엘 카날을 가르는 공원 주변을 정처 없이 돌아다니는 습관이 생겼다. 거실 한구석에 둥둥 떠 있던 타마라 할머니의 모습은 기억도 나지 않던 터라 따돌림과 그 사건을 연관 지을 생각조차 못 했다. 물론 토막 난 생물체(타마라는 그것이 땅속 깊은 곳에서 나왔다고 했다)를 찾으러 라 칼라베라에 간 일은 기억했다. 하지만 거기서 찾은 것이라고는 다 쓴 크리넥스 휴지 갑과 빈 맥주 캔, 담배꽁초뿐이었다.

어느 날 밤, 술에 취해 집에 돌아가는 길이었다. 그녀는 동네로 들어가다 말고 공원 가장자리에 가만히 서서 주변을 살폈다. 공원이 비어 있는지, 자기를 지켜보는 이가 없는지 확인하고 싶었다. 하지만 둘 중 어느 것도 확인할 길이 없었다. 키 작은 소철과 종려나무가 빽빽하게 뒤엉킨 데다, 줄기 굵은 무화과나무가 버티고 있어 범죄자가 쉽게 몸을 숨길 수 있어 보였다.

그녀는 라 칼라베라로 갔다. 거의 매일 오후에 걷던 길을 따라가다 덤불 사이를 비집고 들어갔다. 고개를 들자 치석으로 뒤덮인 이처럼 누르스름한 달이 보였다. 덤불에 있던 누군가와 마주칠지도 모른다는 생각이 들자 겁이 덜컥 났다. 오직 그녀가 오기만을 기다리고 있던 누군가와 말이다. 그렇다고 걱정이 발길을 막지는 못했다.

그녀는 어둠에 눈이 익숙해질 때까지 잠시 기다렸다. 어느 순간 무언가가 번쩍거렸다. 언뜻 보기에는 플라스틱 같았지만, 동시에 어느 생명체의 살처럼 보이기도 했다.

그것은 쉭쉭거리는 소리를 내며 천천히 움직였다. 뱀일지도 모른다는 생각이 들었다. 무척 단단하고 굵은 뱀. 그녀는 냅다 달렸다.

침대에 눕자 온몸이 욱신거렸다.

다음 날 아침, 그녀는 술에 취해 헛것을 봤으리라고 생각했다.

타마라는 열여덟 살이 되자 다시 그녀에게 말을 걸었다. 그들은 레코드 가게의 쇼윈도 앞에서 우연히 마주쳤다. "포티스헤드 레코드 사러 왔는데, 같이 갈래?" 타마라가 물었다. 그들은 앨범 재킷 속 검은색 상의와 모니터 화면에 반복해서 나타나는 포티스헤드의 머리글자 'P' 앞에 한동안 서 있었다.* 타마라는 포티스헤드를 좋아했다. 포티스헤드-타마라. 그들은 공원에 가서 풀밭에 앉아 음악에 관해, 그리고 사람 뼈대와 비슷하게 생긴 관목 사이에서 놀던 어린 시절에 관해 이야기를 나누었다. 둘은 열두 살에서 열여덟 살 사이에 일어난 일이 모두 사라지기라도 한 것처럼, 서로 한마디도 나누지 않던 지난 육 년을 일

---

* 포티스헤드의 1997년 앨범 〈포티스헤드〉의 재킷에는 검은색 상의를 입은 남자의 상반신과 모니터 화면이 나오는데, 거기에 모두 'P' 자가 그려져 있음.

절 언급하지 않았다. 그러고 나서 엘 카날에 갔다. 오래된 집 몇 채는 이미 점거 주택이 되어 있었다.* 사람들은 마당에서 레드와인과 콜라를 섞어 만든 칼리모초와 맥주를 팔았고, 어디선가 스카 음악 소리가 흘렀다. 타마라와 그녀는 그중 한 곳에 들어가 술을 몇 병 마신 다음, 다른 집으로 걸어갔다. 두 번째로 들른 집은 타마라의 할머니가 사는 거리에 있었다. 타마라에게 물어보았더라면 거기가 바로 할머니 집이라고 딱 잘라 말했을 것이다.

둘이서 타마라의 **이아이아**를 찾아간 날이 어렴풋이 기억났다. 천장에 떠 있지 않은 뚱뚱한 할머니가 식탁에 앉은 타마라의 부모와 형제, 야물커를 쓰지 않은 할아버지에게 아로스 알 오르노를 대접하던 장면이 기억에서 되살아났다. 식탁이 거실 공간을 거의 다 차지하는 바람에 나머지 사람들이 자리에서 일어나지 않도록 디저트를 다 먹고 난 다음에야 화장실에 갈 수 있었다. 하지만 그녀는 그 다음에 무엇을 했는지, 그리고 자기가 무슨 일로 타마라의 할아버지 할머니와 점심을 먹었는지 전혀 기억나지 않

---

* 빈곤층 주거권을 위해 투쟁하는 오쿠파 운동에서 비롯한 행위로, 사람이 오랫동안 살지 않은 주거 공간을 일정 기간, 혹은 영구적으로 무단 점거하는 것.

았다. 그 장면은 쌀과 유난히 굵은 **이아이아**의 장딴지의 뒷맛과, 마늘과 감자와 콩의 뒷맛이 뒤섞인 채 거기서 멈춰 버린다. 마치 할머니의 다리가 요리의 기본 재료라도 되는 듯 말이다.

점거 주택은 정면에 파란색과 흰색 타일이 더러운 작은 섬처럼 붙어 있고 테라스가 달린 2층 건물이었다. 최근 몇 년 동안, 그녀는 엘 카날을 지날 때 해변이 아니라 북쪽을 향해, 과수원에 도착할 때까지 그 교차로를 조심스럽게 피해 갔다. 어쩌다 실수로 교차로에 들어선 경우에는 땅바닥에만 시선을 고정한 채 재빨리 반대 방향으로 뛰었다. 그렇게 시선을 회피하면 우연히 타마라와 마주치는 일은 없으리라 확신했다. 그녀가 수시로 엘 카날에 드나든 것은 타마라와 아무런 관련이 없었다. 그녀가 관심을 가지고 있던 것은 시간(실제로는 그녀가 경험한 아주 짧은 시간이지만) 속으로 사라진 그 동네에 얽힌 괴담이었다. 거기에 사는 사람들은 도시의 나머지 사람과 전혀 다른 특성을 가지고 있는 듯했다. 그녀는 좁은 골목길을 헤매고 다니다가, 자신의 능력으로 파악할 수 없는 무언가를 발견하기를 바라며 누군가의 뒤를 쫓아간 적이 여러 번 있었다. 비밀의 도시.

바위나 바다에서 나타나는 육신들.

"집 안을 다 둘러볼 수 있을 거야." 그녀가 타마라에게 말했다. 안으로 들어가 문이 없는 방으로 둘러싸인 커다란 홀을 지나갔다. 워낙 넓어서 그곳이 정말 타마라의 할아버지 할머니 집인지 의심스러웠다. 기억에 남아 있는 짧은 장면은 숨이 막힐 만큼 작고 답답한 방에서 일어났다. 혹시 그 집에 임차인 여럿이 살고 있었을까? 오래된 부자들의 여름 별장에 가난한 가족이 옹기종기 모여 산 걸까? 그 동네에 관해 그녀는 대체 무엇을 알았을까? 왜 동네 역사에 관한 글을 읽기보다 그곳이 어땠을지 상상하는 데 더 많은 시간을 보냈을까?

타마라와 그녀는 마당에 놓인 작은 의자에 앉았다. 마당 한구석 화단에 마른 잡초로 뒤덮인 채소밭이 언뜻 보였다. 초롱과 양초가 놓인 위층 테라스에는 더 많은 사람이 모여 있었다. 테라스로 올라가는 길을 알려주는 이가 아무도 없어서 처음에는 방문객이 들어가지 못하는 곳인 줄 알았다. 둘은 그 때문에 오히려 그곳에서 탐험을 시작하면 좋으리라는 생각을 했다. 그들은 자리에서 벌떡 일어나 물어보지도 않고 안으로 들어갔다. 어두운 방을 지나자 곧 계단이 나타났다.

그녀는 거기가 타마라의 할아버지 할머니가 살던 집이라는 확신이 들었다. 그렇다면 그녀는 본질이 파괴된 동시에 여전히 살아남아 있는 장소를 두 번째로 밟고 있는 셈이었다. 야물커를 쓴 할아버지와 **이아이아**는 이곳의 어느 층계에 서 있거나, 아니면 산들바람에 커튼이 펄럭이는 가운데 동쪽 창문을 통해 들어오는 밝은 빛을 받으며 어느 방에 앉아 있었을 테다.

인조 대리석 계단은 군데군데가 파인 데다 층계가 높고 가팔랐다. 계단 꼭대기 문틈으로 새어 들어온 한 줄기의 빛이 계단을 금빛으로 물들이며 그들을 어느 방으로, 들여다보지 말아야 할 방으로 이끌었다. 그곳은 기억 속에 고이 간직하고 있던 바로 그 방처럼 보였다. 그녀는 친구네 가족과 함께 식사한 일, 할머니의 굵은 다리를 보고 약간 놀랐던 일 등, 지루하기만 할 뿐 분명치도 않은 그 기억에 왜 그렇게 많은 가치를 부여했는지 궁금해하지 않았다.

방 안쪽에서 아무 소리도 들리지 않아서 그들은 조심스럽게 문손잡이를 돌렸다. 계단을 다 오르니 텅 빈 벽의 정적이 그들을 향해 꾸역꾸역 밀려 나왔다. 그들은 자고 있거나 벌거벗은 누군가가 나타나기를 기대하면서 문을 밀었다. 하지만 눈앞에 나타난 풍경은 테라스였다. 거기 모인 이들의 눈초리로 자신들이 불청객이라는 사실을 눈치챘다. 그곳은 집을 점거한 이들을 위한 공간이 틀림없었다. 빨간 닭 볏 머리에 블랙 톱과 스코틀랜드 치마를 입고, 군데군데 구멍이 나서 핀으로 여민 스타킹 차림의 여자아이가 그들에게 말했다. "누굴 찾고 있니?" 그 아이는 '엘 카날의 펑크 소녀'라는 표현이 꼭 들어맞았다. 타마라와 그녀는 입을 벌린 채 멍한 표정으로 아이를 바라보았다. '엘 카날의 펑크 소녀' 무리는 아이들이 학교 운동장에서 나누는 이야기의 주인공이었다. "어떤 남자애가 엘 카날의 펑크 소녀한테 두들겨 맞았대." "걔의 여자친구가 엘 카날의 펑크 소녀래." "그 아이는 가출해서 엘 카날의 펑크 소녀가 되었다던데." 그녀와 타마라는 금요일 저녁마다 고등학생과 대입 준비 과정 학생들이 자주 드나드는 술집이 즐비한 람블라 거리에서 엘 카날의 펑크 소녀들을 멀찌감치 떨어져서 지켜본 적도 있다. 하지만 그런 아이를 바로 눈앞에서 본 것은, 그것도 자기들에게 이야기를 거는 아이를 본 것은 그때가 처음이었다. 둘은 놀라서 잠시 어안이 벙벙했지만, 이내 입도 뻥긋 못 하는 자신들의 모습에 수치심을 느꼈다. 타마라와 그녀는 누가 보더라도 에스프리우 여자아이였다. 너무 당황한 나머지 둘은 재빨리 달아났다. 한동안 말없이 걷고 나서 거리의 고요한 분위기를 만끽하기 시작할 무렵, 그녀는 용기를 내 방금 간 저 집이 옛날에 **이아이아**가 살던 곳인지 물었다.

그러자 타마라는 크게 웃었다.

"제정신이야?" 잠시 침묵을 지키던 타마라가 다시 입을 열었다. "우리 할아버지 할머니가 살던 아파트는 베니칼라프에 있어. 거기서 같이 점심 먹었잖아. 기억 안 나?"

같이 식사를 한 기억의 여파가 밀려온 것이 불과 두어 시간밖에 되지 않았지만, 타마라에게 그렇게 말할 수는 없었다. 갑자기 그 일이 더는 현실의 형적形跡처럼 느껴지지 않았다. 그녀는 자신이 그 모든 일을 꾸며냈다는 느낌에 강하게 사로잡혔다. 타마라가 그 조잡한 사기극에 가담했을지도 모른다는 생각이 들자 온몸에 소름이 돋았다.

"나 그만 갈래."

그러자 타마라의 입에서 조롱과 멸시가 섞인 비웃음이 흘러나왔다. 목소리에 빈정거리는 기색이 역력했다.

"우리 할아버지 할머니 아파트 보고 싶어?"

하수구를 지날 때 코를 막으면서 엘 카날을 거쳐 남쪽으로 걸어갔다. 어부들의 허름한 집 사이로 간간이 보이던 여름 별장이 3층짜리 벽돌 건물로 바뀌었다. 그녀는 당장이라도 타마라를 내팽개치고 발걸음을 돌리고 싶었다. 하지만 도시가 아니라 길게 이어진 협곡을 따라 걷고 있기라도 한 것처럼 계속 타마라를 뒤따랐다. 그녀는 머리가 길고 풍성한 친구의 뒷모습을 응시하면서도, 넘어지지 않으려고 이따금씩 땅을 바라보았다. 그날따라 보도는 유난히 어두웠다. 가다가 한두 번 고꾸라지면서 땅에 얼굴을 박을 뻔했다. 포장도로에 생긴 균열 때문이 아니라, 갑자기 예상치 못한 계단이 앞에 나타난 듯한 느낌이 들었다. 그 느낌은 땅에 발을 디디는 데 걸리는 천 분의 일 초 동안 지속되는 동시에, 몸이 구멍, 아니 심연에 빠졌다고 믿게 만들었다. 그녀는 그런 느낌 또한 타마라의 긴 머리에서 비롯한다고 생각했다. 그녀는 타마라가 다른 얼굴을 하고, 그러니까 갑자기 그녀의 기억에 떠오른 것처럼 허공에 떠 있던 뚱뚱하고 기형적인 할머니의 모습을 하고 돌아설까 봐 두려웠다. 그녀의 불안감은 한밤중의 고요한 정적과 묘한 대조를 이루었다. 이미 새벽 1시가 넘은 터라 술집이 서서히 문을 닫고 있었다. 가게에 온 사람들도 땅에 던진 담배 불씨가 꺼지듯이 서서히 흩어졌다. 타마라와 그녀는 광장에 도착했다. 남자아이 몇몇이 보도 연석에 앉아 플라스틱 컵에 든 술을 마시다가, 둘을 보자 휘파람을 불어댔다.

"우리 할아버지 할머니 집은 저기야." 타마라가 말했다.

타마라는 길게 이어진, 좁고 어딘가 우울해 보이는 발코니를 가리켰다.

"잠시 헷갈렸나 봐." 그녀가 대답했다.

착란을 일으켰다는 느낌과 더불어 타마라가 자신을 놀리고 있다는 생각이 사라졌다.

그해 여름, 그들은 함께 텅 빈 거리를 쏘다녔다. 더는 거리가 그렇게 썰렁하지 않으리라는 사실은 꿈에도 모른 채 말이다. 둘은 여러 차례에 걸쳐 엘 카날을 돌아다니다 해변으로 구불구불하게 이어진 과수원 흙길을 따라 걸었다. 해 질 녘이면 해변에서 잡초와 찌꺼기를 태우는 바람에 푸르스름한 연기가 사방을 뒤덮었다. 황량하기 짝이 없는 그 길을 지나다니는 건 폭주족과 들개 무리뿐이었다. 8월 중순 주의 중반께에, 그들은 밤 시간을 이용해 한두 번 다른 동네를 두루 돌아다녔다. 가게가 모두 문을 닫고, 바나나무 이파리와 보드라운 습기를 통과하느라 늘 희미한 가로등의 노란 불빛 아래 동네가 어떤 모습인지 보기 위해서였다. 그들은 땀을 전혀 흘리지 않았다. 이제 추위보다 더위를 더 잘 견디는 나이가 된 터였다. 그녀와 타마라는 그 한 달 동안 단둘이서 지냈다. 둘의 부모와 형제자매는 모두 휴가를 떠난 상태였다. 그들은 마리화나를 사서 술집 (마리화나가 허용되는 곳이었다)에서 피웠다. 그런 다음 공원 풀밭에 앉아 이미 뜨뜻해진 1리터짜리 맥주병을 앞에 놓고(갈증을 풀기 위해서 마셨을 뿐이다) 마음속 생각을 모두 털어놓았다.

그해 8월은 어린 시절만큼이나 강렬했다. 9월이 오면서, 부모와 다른 이들이 모두 돌아왔다. 어느 날, 타마라와 그녀는 친구들 모르게 단둘이 만났다. 둘은 라 칼라베라 초입에 서 있었다. 무언가가 땅속을 기어다니는지 윙윙거리고 바스락거리는 소리가 들렸다. 그 순간 그녀는 몇 년 전에 타마라가 이야기해 준 동물, 그러니까 도마뱀 꼬리와 비슷하게 잘려도 움직인다는 동물과, 무엇보다 뚱뚱한 할머니의 모습이 문득 머릿속에 떠올랐다. 타마라에게 당장 물어보고 싶은 말이 계속 입안에서 맴돌았다.

둘은 고등학교를 졸업하고 서로 다른 대학교에 입학했다. 타마라는 심리학을, 그녀는 인문학을 선택했다. 한동안 그들은 전화로 연락을 주고받다가 일요일에 가끔 만났다. 그러다 타마라가 다른 동네로 이사 간 후로 서로 연락이 끊어지고 말았다.

파리 근교

Paris *Périphérie*

나는 지도 보는 것을 그다지 좋아하지 않는다. 지도 난독증이 있어서, 고도의 집중력을 발휘하지 않으면 거리가 헷갈린다. 예를 들어 델 마르 광장으로 가려고 하면 그 반대 방향, 그러니까 라스 이슬라스 대로 쪽으로 걸어간다. 방향이 아니라 이름이 헷갈린 탓이다. 내 기억은 지명을 제멋대로 바꿔버린다. 나도 모르게 반대 방향으로 가고 있음을 깨달으면(나는 직감을 절대 따르지 않지만, 그것은 틀리는 법이 없다) 화들짝 놀라면서도 속으로 이렇게 생각한다. '델 마르 광장은 분명 이 근처 어딘가에 있어. 지도에서 본 적이 있다고.' 그래서 나는 거리 표지판을 무시한 채 엉뚱한 길을 따라 계속 걸어간다.

오늘은 지도를 볼 수밖에 없는 날이다. 방금 카르푸 플레옐 역에 내려서 북쪽 변두리 동네를 담당하는 행정사회 복지센터를 찾고 있다. 내일은 CAF* 신청 마감일이다. 이 장학금만 받으면 앞으로 육 개월 더 메리 드 생투앙 역 근처 거주지에서 살 수 있다. 나는 어떤 역에 처음 내릴 때면 언제나 플랫폼을 주의 깊게 관찰하지만, 내 눈에 모든 역은 똑같아 보인다. 출구는 아나톨 프랑스 거리에 있는데, 복지센터의 건물 번호가 345임을 감안하면 엄청나게 큰 도로인 것이 분명하다.

나는 홀수 번호 주소지로 가기 위해 지하도로 길을 건넌다. 지하철역 앞에는 카페가 몇 군데 있고, 이어서 357번 자리에 있는 호텔이 보인다. 거리는 끝없이 이어져 있다. 내가 서 있는 곳에서 남쪽을 바라봐도 끝이 보이지 않는다. 도로변 건물은 하나같이 보기 흉하다. 소비에트 시대 스타일처럼 음침하고 어두운 색깔을 띠고 있다. 길모

---

*   Caisse d'allocations familiales의 약자로 주거, 자녀 육아 및 교육에 대한 금전적 보조를 지원하는 가족 수당 기금. 유학생도 혜택을 받을 수 있음.

퉁이에 있는 하얀색 벽돌집에 도착했을 무렵, 폭풍이 몰아닥칠 것 같은 느낌이 들었다. 건물 벽에는 이상하리만큼 마른 곰팡이가 피어 있고, 정원은 제대로 관리되지 않아 야생 수풀처럼 무성하게 자라나 있다. 비까지 내리니 낯익은 소외감이 든다.

건물 번호가 어찌나 크게 적혀 있던지 처음에는 다른 것인 줄 알았다. 쇠창살 문에 걸린 빨간색 현판에 숫자가 쓰여 있었다. 323. 그 아래에는 주황색 팻말이 철사로 묶여 있다. 팝니다. 그런데 생각해보니 단숨에 건물 번호를 열일곱 개나 건너뛰었다. 다시 발걸음을 돌려 교차로로 돌아간다. 당장 어디로 가야 할지 방향을 잡을 수 없다. 차가워 보이는 현대식 고층 빌딩 세 채가 우뚝 서 있는 도로가 아나톨 프랑스 거리부터 이어져 있다. 행정사회 복지센터가 저런 건물에 있을 것 같지는 않다. 하지만 여기서 포기할 생각은 없다.

비가 내린다. 나는 저 고층 빌딩이 도로변이 아니라 왼쪽으로 꺾이는 경사로에 있다는 사실을 알아냈다. 도로는 고속도로까지 이어진다. 북쪽 변두리 동네는 저 멀리까지 뻗어 있다. 그 동네는 카르푸 플레옐 역의 서글프고 색

바랜 모조품에 지나지 않는다. 잠시 그곳을 바라보는 동안, 말로 표현할 수 없는 유쾌한 불안감이 마음속 깊은 곳에서 고개를 내민다. 내가 찾는 곳에 가려면 고속도로를 건너야 할지도 모른다. 하지만 일단 경사로를 택하기로 한다. 나는 걸음을 재촉한다. 거리 표지판이 하나도 없다. 이러다가는 아무 데도 가지 못할 것이 분명하다. 그래도 계속 걸음을 옮긴다. 마침내 고층 빌딩에 도착했다. 건물은 트럭으로 가득 찬 주차장에 둘러싸여 있다.

두 번째 방법으로 고속도로를 건너기로 한다. 나는 거리를 따라간다. 그런데 갑자기 길이 끝난다. 나는 둑 앞에 멈춰 선 채 폭우 속에서 무서운 속도로 질주하는 자동차들의 소용돌이를 지켜본다. 신발이 어느새 흠뻑 젖었다. 나는 좁은 기숙사 방으로 돌아오자마자 미셸에게 전화를 걸고 프랑스어로 된 자동응답 메시지를 듣는다. 그러고는 일기에 이렇게 쓴다. "매일 거기에 간다고 해도 결코 그곳을 찾지 못할 것이다." 하지만 그런다고 해서 마음이 홀가분해질 것 같지는 않다. 나는 책장을 뒤져 마르그리트 뒤라스의 기사 모음집인 《아웃사이드》를 찾았다. 나는 책에 수록된 기사 하나가 파리 근교를 다룬다는 것을 알고 있다.

그 글에는 파리 근교 지역의 지도가 아예 없을뿐더러, 만드는 일 자체가 불가능하다고 나와 있다. 방리유*가 건설되기 전부터 있던 위성도시 생드니처럼 오래된 마을의 지도만 존재한다는 내용도 나온다. **방리유**, 그것은 아랍인들이 생쥐처럼 달아나버린 탓에 텅 빈 파리 번화가의 어두운 이면이다.

다음 날, 나는 불안감을 떨치고 홀수 번호 주소지를 향해 다시 길을 나선다. 지나가는 이들에게 물어보리라 굳게 다짐하며 어느 할머니에게 다가갔다. 할머니의 말에 의하면, 행정사회 복지센터는 짝수 번호 주소지 쪽 출구에서 갈라지는 통로 끝에 있기에 지하도에서 나갈 필요가 없었다. 그 말이 사실이라면 그곳을 못 찾을 리 없다.

나는 길을 건너 짝수 번호 건물을 따라 걸어간다. 그런데 통로가 없다. 나는 홀수 번호 쪽 지하도를 택한다. 매표소로 돌아가 다시 플랫폼으로 들어간다. 어처구니없는 짓이라는 건 알지만 세상일은 아무도 모른다. 이미 지칠 대로 지쳤지만 다시 물어본다. 세 사람이 똑같은 대답

---

* 파리 외곽의 주거지역. 오늘날에는 이민자가 모여 사는 도시 외곽의 저소득층 주거지역을 주로 가리킴.

을 한다. 아무도 센터가 어디 있는지 모른다. 다시 거리로 돌아가서 물어보는 편이 더 좋을 듯하다. 거리에 나갔지만 더는 물어볼 수가 없다. 나는 공중전화 부스에서 미셸에게 전화를 건다.

"맙소사!" 그가 말한다. "출구 바로 옆에 있잖아!"

"안 보이던데. 그건 그렇고, 어제 어디 갔었어? 지난 닷새 동안 어디 처박혀 있던 거야? 내가 도와달라고 전화할지도 모른다고 했잖아."

"지금 어디야?"

"방금 말했잖아."

"지하철역 맞은편에 유리로 된 건물 안 보여?"

"유리로 된 건물은 하나도 안 보이는데. 여태 어디 있었던 거야?"

"유리 건물이 하나 있다니까. 지금 있는 곳이 카르푸 플레엘 역이 확실해? 플레엘 타워 아래라고?"

"플레엘 타워 바로 아래야."

"그럼 내가 착각한 모양이네. 생각 좀 해볼 테니까 기다려봐. 혹시 나더러 거기 와달라는 거야? 보면 확실히 기억날 것 같은데."

"어제 어디 있었어?"

"그건 대답 안 할래. 아무튼 오늘이 마감이라고. 앞으로도 계속 함께 지내고 싶으면 서두르는 편이 좋을 거야."

"나도 알아."

"그럼 거기서 꼼짝 말고 기다려. 삼십 분 내로 갈게."

"오지 마."

나는 전화를 끊는다. 동전이 더는 없다. 이제 모든 게 끝이다. 나는 지금 미셸 생각을 하지 않는 것 같다. 아니, 내 평생 단 한 번도 그를 생각한 적이 없는 것 같다. 내가 이 세상에 살아 있는 동안 그는 내 기억에 조금도 남아 있지 않을 것이다. 소와 양을 본 기억은 있다. 심지어 보도에 초록색 침을 뱉은 기억도 난다. 하지만 미셸은 전혀 기억나지 않는다. 아무것도. 갑자기 그에게 소리 지르고 웃고 싶다. 그것은 무시무시하면서도 마음을 홀가분하게 하는 냉정함이다. 고속도로 너머에 무엇이 있는지 마지막으로 살펴보고 떠나려 한다. 전날과 마찬가지로, 뿌연 연무에 싸인 생드니의 광경은 매혹과 공포를 오가는 충격을 준다. 나는 거리를 산책하면서 매력적인 저 광경 속으로 걸어 들어갈 수 있다고 혼자 중얼거린다. 그러다 센터에 도착하면 곧장 미셸에게 전화해서 잘 찾았다고, 하지만 이제 떠날 거라고 말할 생각이다. 장학금 증서를 손에 들고 화장실에 들어가 그 종잇조각에 오줌을 눌 거라고 속으로 다짐한다.

　나는 몽유병자처럼 모든 것을 집어삼킬 듯한 눈빛으로 주변을 둘러본다. **오토루트***의 반대편으로 이어지는 길의 첫 구간은 골짜기 길을 돌아 나와 콘크리트 다리 아래로 지나간다.

　자동차가 달리며 내는 소리는 다리 아래 갇혀 증폭되면서 천둥소리처럼 울린다. 나는 뛰어가다 발이 걸려 넘어진다. 좁게 이어지던 길이 끝나고 풀밭이 시작된다. 이제 비탈길을 올라가 나직한 난간을 뛰어넘어야 한다. 골짜기 언저리 벌판에 이어진 난간은 문명 세계와 아무 관련도 없어 보인다. 황무지에서 몇 갈래 길이 새로 시작되고, 그 뒤로 온 세상의 아수라장인 고속도로가 있다. 여기에서 아무것도 찾지 못하리라는 사실을 확인하기 위해 굳이 더 가까이 다가갈 필요는 없다. 거대한 광고판, 고철 처리장, 가시철조망이 둘러쳐져 있고 바람에 깃발이 색색으로 휘날리

* 　프랑스어로 고속도로라는 뜻.

는 중고차 전시장이 벌판을 빼곡히 채운다. 적막이 흐르는 폐공장. 700미터가량 떨어진 곳에서 도시가 다시 모습을 드러낸다. 나는 슈퍼마켓 간판과 여인들이 봉지를 들고 나오는 작은 상점들을 본다. 거리 번호는 아예 외면해버린다. 나는 다리 아래로 돌아간다. 귀를 찢는 듯한 굉음과, 이러다 정말 미쳐버릴지도 모른다는 생각을 더 견디지 못할 때까지 거기서 기다리기로 한다. 여기서 나가면, 나는 지푸라기도 잡는 심정으로 혼잣말을 중얼거린다. 여기서 나가기만 하면 미셸에게 전화해서 와달라고 사정할 거야.

미오트라구스

Myotragus

미오트라구스 발레아레스 제도의 마요르카 섬과 메노르카 섬에 살았던 염소의 일종으로, 인류가 발레아레스 제도에 정착하면서 멸종되었음. 실제로는 염소보다 양에 가까우며, '쥐 염소 mouse-goat' 또는 '동굴 염소 cave goat'라고도 불림.

여자는 민첩하게 고기를 썰어 입에 넣었다. 그 전에 여자는 구운 고기의 모양새가 매우 의심스럽다고 판단한 사람처럼 인상을 찌푸렸다. 그래도 남자는 전혀 신경 쓰지 않았다. 결국 여자만 주말 내내 모든 것에 코를 킁킁거리며 다녔다. 그날 아침, 그란 비아 데 콜론에서 신호등이 녹색으로 바뀌기를 기다리는 동안, 여자는 남자의 주머니에 손을 넣었다. 길을 가던 지인 몇 명이 여자에게 인사를 건네자, 여자는 주먹을 꽉 쥐며 그의 코트 주머니에 손을 더 깊숙이 집어넣었다. 어쩌면 여자는 남자가 그 사람들, 그러니까 의심스러운 눈초리로 여자를 빤히 응시하는 공무원 부부, 다 알고 있다는 듯한 표정을 지으며 바라보는 이웃집 여자에게서 자신을 보호해주길 원했는지도 모른다. 그는 여자의 주먹을 간신히 감싸 쥐었다. 뜻밖의 일로 놀란 여자를 보자 마음이 따뜻해지는 기분이었다. 딸이 몇 살 되지 않았을 때, 무언가를 보고(개나 다른 남자아이였겠지) 잔뜩 겁먹은 기억이 생생하게 떠올랐기 때문이다. 그때 그는 아이를 들어 꼭 안아줬지만, 등에 딱 달라붙은 자그마한 주먹은 끝내 펴지지 않았다. 딸아이를 제외하고 주먹 안에 두려움을 움켜쥐는 사람은 본 적이 없었다. 남자는 여자가 자기 딸과 비슷한 성격일지도 모른다는 기대에 부풀었다. 하지만 기대는 오래가지 못했다. 여자는 지인들이 작별 인사를 건네고 자리를 떠나기 무섭게 주머니에서 손을 빼냈다. 여자는 자신이 데이트 중임을 보여주고 싶었을 뿐이다. 주먹을 꽉 쥔 것은 그의 손을 잡고 싶지 않다는 표시였다.

"이거 새끼 염소 고기가 아니야." 여자가 말했다.

남자는 안경을 쓰고 있었다. 이제는 안경을 쓰지 않으면 식사를 할 수 없었다. 그는 구운 고기를 맛보기 전에 잠시 꾸물거렸다. 여자는 입에 고기 두 점을 더 넣더니, 고개를 절레절레 흔들면서 씹어 삼켰다. 여자는 웨이터를 불렀다. 웨이터가 테이블에 도착했을 때, 남자는 고기가 새끼 염소인지 아닌지 확인하려고 서둘러 한 점을 먹었다.

"이건 새끼 염소 고기가 아닌데요." 여자는 웨이터에게 까칠하게 말했다.

남자는 일 년 전 세상을 떠난 아내와 마찬가지로, 이 여자도 무언가 과시하고 주목받지 않으면 못 견디는 성격이라는 사실을 깨달았다.

"손님, 이건 일등급 새끼 염소 고기입니다." 웨이터가 대답했다.

"아뇨, 새끼 염소 고기가 아니라고요. 염소 고기라면 누구보다 잘 알아요. 자주 먹는 데다, 아이들이 집에 찾아오면 늘 염소 고기 요리를 하는걸요. 내가 보기에 절대 새끼 염소가 아니에요."

"정 못 믿으시겠다면 몸통을 다 보여드리겠습니다."

"지금 이 고기를 말하는 거라고요. 냉동실에 뭐가 들어 있든 그건 나하고 아무 상관도 없어요."

"원하신다면 새로 준비해드리겠습니다."

"딴것 필요 없고 비닐봉지나 갖다줘요. 나는 실험실에서 일하고 있어요. 고기를 가져가서 새끼 염소인지 아닌지 분석해봐야겠어요. 새끼 염소가 아니면 당국에 고발할 테니까 알아서 하세요. 이분이 내 증인이 될 거예요."

여자는 마치 남자 역시 가짜 새끼 염소인 것처럼 그를 향해 손가락질했다.

웨이터는 비닐봉지를 가지러 갔다.

"구멍은 없겠죠?" 비닐봉지를 가지고 오자 여자가 말했다. 그러고는 곧장 새끼 염소 다리를 집어 봉지에 넣었다.

여자는 비닐봉지를 잘 말아 핸드백에 넣었다. 식당을 나서자, 여자는 샘플을 어떻게 분석할지 장황하게 설명한 다음, 실험실의 신속하고 면밀한 작업 덕분에 여태까지 식당을 몇 차례나 고발했는지(메뉴와 다른 고기가 나와서 고발한 경우가 일곱 차례나 된다고 했다)도 자랑스럽게 알려주었다. 남자는 자기가 보기에 새끼 염소 고기가 맞는 것 같다고 말했다. 그러자 여자는 입을 다물었다. 남자가 다른 도시에 위치한 자기 집에 돌아가기로 결심할 때까지 둘은 한마디도 하지 않았다. 차에 도착했을 때, 여자는 자신이 너무 오랫동안 혼자 지냈다고 털어놓았다. 여자는 긴장하고 있었지만 어쨌거나 고기를 분석할 생각이었다.

마요르카 섬의 쥐 염소는 오천여 년 전에 멸종했지만, 그림을 통해 모양새를 대충 짐작할 수 있다. 심지어 오늘날에는 멸종된 그 동물을 자유롭게 해석해 로고로 만든 와인까지 나와 있다. 병에 그려진 그림은 악마 같은 수산양, 그리고 여자를 쫓아다니며 유령처럼 밤에 갑자기 모습을 드러내는 늙은 호색한을 연상시킨다. 동굴에서 뼈의 잔해가 많이 발견된다는 사실을 통해 쥐 염소가 신석기 시대 인간의 주요 식량이었을 뿐만 아니라, 고기 맛 또한 좋았을 것으로 추정된다. 과학자들은 신석기 시대 인간의 탐욕으로 인해 쥐 염소가 멸종했을 가능성이 높다고 추정한다. 그에 더하여, 발레아레스 제도의 쥐 염소는 마요르카 섬에 갇혀 살았기 때문에 먹이를 구하는 데 어려움을 겪은 것으로 알려져 있다. 자원이 부족한 섬의 환경에 적응하기 위해 쥐 염소는 결국 파충류로 변했다. 냉혈 동물로 진화했고, 식물계에 더 잘 적응하기 위해 성장 속도와 신진대사를 변화시켰다. 몸무게는 13킬로그램, 키는 대략 50센티미터 정도였고 뒷다리가 짧았다. 움직임이 민첩하지 않았지만, 군도群島에 포식자가 없었기 때문에 굳이 빠르게 움직일 필요도 없었다. 물론 인간을 제외하고 말이다. 뇌가 매우 작았는데, 그로 인해 느리게 움직일 수밖에 없었다. 도마뱀처럼 햇볕을 쬐면서 에너지를 얻었고, 안구가 측면이 아니라 정면을 향하고 있었기 때문에 현대인의 눈에 다소 낯설게 보일 것이다. 납작한 주둥이와 기괴하게 생긴 턱을 가지고 있었다.

페드로 후안 대공★☆은 문타네타* 저택의 테라스에 서서 미오트라구스를 걱정스레 생각하고 있었다. 전날 새벽, 절벽을 향해 걸어가는데 갑자기 동물 한 마리가 그에게 뛰어들었다. 사방이 칠흑같이 어두웠지만 대공은 아무렇지 않게 주위를 돌아다녔다. 심지어 그는 손 모라게스 마을에 인접한 샛길이라면 어디든(가령 바다가 한눈에 내려다보이는 높은 절벽 같은 곳) 눈 감고도 갈 수 있었다. 그는 야간 시력을 향상시켰다. 구름이 잔뜩 끼고 달빛도 없을 때 그 기술을 연마했다. 그럴 때마다 그는 나무껍질에서 이상한 움직임을 포착했다. 나무껍질이 갈라지면서 옆으로 움직였고, 이따금 구멍이 생기기도 했다. 하지만 가까이 다

---

* 카탈루냐어로 작은 산이나 언덕을 의미.

가가 살펴볼 엄두가 나지 않았다. 그는 그 안에 부드러운 목재가 들어 있는 게 아니라는 걸 알았다. 다시 말해 나무의 살아 있는 속살이 아니라, 그를 통째로 집어삼킬 심연이 들어 있다는 사실을 알고 있었다. 나무껍질이 움직이는 모습을 보자 줄 지어 기어가는 개미 떼가 떠올랐다. 갑자기 숲은 더 뜨겁고 거친 지역으로 이동하는 모든 종류의 개미에 의해 점령되고 말았다. 나무가 천천히 다가와 머리 위에서 몸을 흔들며 춤을 추자, 그는 시선을 내리깔아야만 했다. 어쩌면 환각일지도 모르는 개미 떼가 다리를 타고 기어 오르기 위해 주위를 둘러싼 것 같았다.

하지만 어제 일어난 일은 달랐다. 시큼하고 짠 냄새가 바람에 실려 오고 양편으로 금잔화가 늘어선 길에 다가섰을 때, 덤불에서 갑자기 짐승 한 마리가 튀어나왔다. 그 짐승은 그사이 대공이 보는 법을 터득한 비현실적인 존재가 아니었다. 오히려 매우 현실적인 모습을 하고 있었다. 몹시 어두웠지만, 그는 그것이 자기를 빤히 보고 있음을 알았다. 그 짐승은 우리에게 알려진 어떤 종에도 속하지 않았다. 멧돼지도, 염소도, 양도, 산토끼도 아니었고, 개는 더더욱 아니었다. 기괴한 모양새는 그렇다 치더라도, 대공은 그 짐승이 자기만큼이나 굼뜨게 움직인다는 사실을 알고 놀랐다. 짐승은 느릿느릿 길을 건너 수풀로 사라졌다. 대공은 저 짐승과 자기가 같은 병에 걸린 게 틀림없다고 생각했다.

그는 상피병象皮病*을 앓고 있었다. 많은 이들이 까맣게 모르는 그의 습관, 즉 밤에 혼자 산책하거나 농장 테라스에 나가 소리를 들으며 시간을 보내는 습관은 그 통증과 관련이 있었다. 상피병 탓에 다른 사람처럼 걸을 수 없는 터라, 타인의 시선에서 몸을 숨길 수 있는 어둠이 좋을 수밖에 없었다. 절벽까지 가는 데 몇 시간이나 걸렸지만 아무도 그를 보지 못했다. 그는 필요한 만큼 천천히 걸을 수 있었다. 귀도 먹고 말도 못하는 하인 니카노르가 안달루시아산 말이 끄는 마차로 그를 손 모라게스 마을로 데려다주었다. 그들은 동이 트기 전에 농장에 도착했다. 니카노르를 대하기는 쉽지 않았다. 대공은 니카노르가 주인의 말을 잘 알아들을 수 있게끔 가르치고, 이전에 일하던 귀먹고 말 못하는 하인들처럼 뒤에 가서 험담을 하지 않도록 주의

---

*　사상충 또는 림프관 감염으로 인해 다리 피부가 코끼리처럼 단단해지고 두꺼워지는 질병. 코끼리 발 증후군이라고도 함.

시켰다. 대공은 많은 이들에게 사랑받았다. 은인이자 이상 주의자로 떠받든 사람이 많았지만, 그를 미워하는 이도 적지 않았다.

주인과 은밀한 언어로 교감하던 니카노르는 수상쩍은 일을 떠맡아 했다. 대공은 이따금 그에게 여자아이 두 명을 데리고 오라고 했다. 귀도 먹고 말도 못 하는 하인은 섬 반대편으로 가서 가장 가난한 집안 출신의 여자아이 두 명을 골랐다. 모두 잠든 시각, 달아나지 못하도록 발목에 돌을 묶어놓은 두 여자아이가 벌거벗은 채 숲속 공터에서 기다리고 있었다. 대공은 그 아이들을 붙잡는 놀이를 했다. 그가 잡을 때까지 아이들은 계속 기어 다녔다. 아이들이 잡히면, 하인이 나타나 난잡한 놀이에 끼었다. 다음 날, 가엾은 아이들은 밧줄에 쓸려 다리에 화상을 입고 허벅지에 피딱지가 앉은 처참한 몰골로 가족 품에 돌아갔다. 그들의 손에는 먹을 것과 돈, 그리고 부유한 가정의 하녀로 추천한다는 내용이 담긴 대공의 자필 편지가 들려 있었다.

하지만 문타네타 저택의 테라스에 서 있는 지금, 가장 난잡했던 밤의 기억조차 그 짐승을 보고 느낀 놀라움에 비할 수 없었다. 이름을 이미 알고 있는, 아니면 알고 있다고 생각한 짐승. 미오트라구스.

  그는 런던 자연사 박물관을 방문한 덕분에 멸종된 그 종을 기억할 수 있었다. 거기서 화석이 된 그 동물의 뼈를 보았는데, 그가 보기에 염소와 쥐의 혼종이었다. 화석을 처음 발견한 고생물학자 도러시아 베이트는 그 동물이 수천 년 전에 지상에서 사라졌다고 설명했다. 유리 진열장에는 평범하면서도 어딘가 위엄 있어 보이는 쥐 염소 뼈대가 들어 있었다. 그는 그 뼈대를 토대로 그린 스케치도 몇 점 보았다. 그는 그림에 사로잡혔고, 더 나아가 마요르카 섬과 관련된 모든 것에 매료되었다. 그래서 마요르카 섬에 도착한 후 민족학자와 지질학자에게 돈을 주어 섬 전체를 연구하도록 했다. 자신도 섬을 더 잘 파악하기 위해 여행을 꽤 많이 다녔을 뿐만 아니라 발레아레스 제도에 관한 책을 몇 권 저술하기도 했다. 거기에서는 자생 식물만이 자랐다. 그래서 식물학자를 불러 섬 전체의 식물을 분류했다. 그뿐 아니라, 그 지역에서만 나는 포도와 올리브로 와인과 올리브유를 생산했으며, 농업 박물관도 세웠다. 그는 세스타카 저택에서 오랜 시간 동안 기거한 화가들에게 풍경화를 의뢰해 자연을 있는 그대로 화폭에 담도록 했다. 그림들은 결국 실제 풍경처럼 보일 정도로 사실적이었다. 그는 화석을 수집하는 고생물학자, 조류학자, 생물학자, 심지어는 마요르카 섬의 미라마르에 있는 집에서 종의 진화 이론을 놓고 장시간 토론했던 유명한 박물학자 오돈 데 부엔도 초청했다. 대공은 마치 섬 전체가 유리 진열장에 들어가기라도 하는 것처럼, 모든 부분이 제대로 분류되어 방문객에게 전시할 준비가 되었다고 믿었다. 그는 마요르카 섬을 위해 한 일이 자랑스러웠다. 하지만 한밤중, 상피병에 걸린 듯 어설프게 절름거리며 자기 앞을 지나친 짐승을 보자 자존심이 상했다.

그는 하인들에게 트라문타나 산맥을 샅샅이 찾아보라고 명령할까도 생각해봤지만, 단지 정신 착란 때문에 헛것을 봤는지도 모르는 데다 자칫 잘못하다가는 사람들이 수군거릴 수 있어 단념했다.

그는 짐승이 다시 눈앞에 나타날 때까지 기다리기로 했다. 미오트라구스가 야행성인지 주행성인지도 알지 못하던 터라 더 자주 산책을 나갔다. 어느 새벽, 니카노르가 또다시 여자아이 둘을 자기 앞에 데려왔다. 그는 바위에 걸터앉아 하인이 아이들에게 무언가 설명하는 모습을 지켜보는 척했다. 실제로는 덤불을 주시하다가, 무슨 소리를 듣고 세 번이나 일어나 유향수乳香樹 사이를 뒤지고 다녔다. 그러고는 아이들을 조금 더 찬찬히 뜯어보았다. 자신이 엉뚱하고 어리석은 변덕을 부리는 늙은 호색한처럼 느껴졌다. 니카노르에게 아이들을 손 모라게스 마을에 있는 부엌으로 데려가서 점심에 먹다 남은 새끼 염소 고기를 배불리 먹여 집에 보내라고 한 것도 바로 그 때문이었는지 모른다. 다른 하인은 물론 손님(그중에는 니카라과의 유명한 시인과, 명예시민으로 임명된 대공을 축하하기 위해 팔마에서 무용 공연을 계획하던 안무가도 있었다)도 아이들을 보고 당황하지 않았다. 농장에 살던 이들은 모두 그의 난잡한 파티를 목격한 적이 있어서 그런지 아이들을 소브라사다* 보듯이 여겼다. 둘 중 더 마른 아이가 어느 하녀를 붙잡고 그 집에서 계속 일하게 해달라고 사정한 사실은 나중에 알았다.

"우리 집은 너무 가난해서 결혼도 못 할 지경이에요."
그 아이가 말했다.

하녀가 이 사실을 하녀장에게 알리자, 여자는 대공을

*   소금과 빻은 고추를 넣고 잘 다져 양념한 돼지고기로 만든 굵은 소시지.

찾아가 사정을 말했다.

"알았네." 대공이 말했다. "하지만 내 근처에는 얼씬도 못하게 해. 그 아이를 세스타카로 보내되, 여기 오게 된 경위를 절대 입 밖에 내지 말라고 단단히 일러두게."

그는 농장 사람들의 웃음거리가 될까 봐 두려웠다. 그의 성적 취향에 관해 어떤 사실이 알려졌을까? 니카노르는 정말 믿을 만한 사람이었을까? 누구와도 이야기하는 모습을 본 적이 없지만, 어쩌면 그것이 니카노르의 재능일지도 모른다. 하녀장이나 농장 감독관과 한통속이었을 가능성도 있다. 대공은 그들이 니카노르의 도움을 받아 나무 사이에 몸을 숨긴 채 다리가 코끼리처럼 변한 노인을 보면서 놀라움과 기쁨의 비명을 지르는 장면을 상상했다. 그러고는 기분 나쁜 상상을 떨치려 애썼다.

그 후로 새벽이 되면 그는 절벽으로 이어진 길을 따라가다가 미오트라구스가 갑자기 나타난 곳에서 걸음을 멈췄다. 매번 한 시간 이상 그 자리에 머물렀지만 허사였다. 심지어 그는 숲속의 야행성 움직임을 볼 수 있는 능력을 잃은 듯했다. 떡갈나무 껍질에는 마른 이끼만 붙어 있고, 야생 염소 몇 마리가 단조로우면서도 무거운 정적을 깨뜨릴 뿐이었다. 그러다 길 끝에 이르면, 절벽 가장자리를 따라 울퉁불퉁한 화강암 자갈이 깔린 산책로를 걸었다. 돌멩이들은 자연 그대로의 길처럼 보였다. 그는 산책로 서쪽 끝에 소박한 전망대를 세웠다. 그리고 부은 다리를 쉴 수 있도록 바위로 의자를 만들어 두었다. 달빛이 사위어가며 가볍게 일렁이는 물결 위에서 흔들거리는 가운데, 그는 슬픔과 절망에 젖은 채 검은 바다를 망연히 바라보았다. 지중해는 결코 위협적이지 않았지만, 그곳에 홀로 있는 일은 왠지 두렵기만 했다. 당장이라도 바위를 향해 돌진하고 싶은 충동이 일었다. 그는 마음을 억누르며 절벽과, 짙은 어둠에 싸인 지중해, 그 위로 옅게 낀 안개를 바라보았다. 상피병으로 고통받는 그에게 불수가 되는 것 외에 어떤 미래가 있을까?

서서히 동이 텄다. 이제는 절벽을 봐도 더는 자살하고 싶은 충동이 느껴지지 않았다. 그는 마차에 올라 집에 도착할 때까지 졸았다. 그러고는 계란과 소브라사다로 아침을 푸짐하게 먹었다. 대공은 속으로 미오트라구스를 어떻게 해야 할지 계속 고민했다. 그는 새끼 염소 이백 마리를 사서 며칠 동안 살을 찌우게 한 다음, 해 질 무렵 농장에 풀어놓으라고 명했다. 그러고는 총을 들고 니카노르와 함께 닷새 연속 사냥에 나갔다. 그는 청소년 무렵부터 사냥을 하지 않으면 견딜 수 없었다. 사슴, 코끼리, 노루, 가젤, 멧돼지 등을 닥치는 대로 잡았다. 새끼 염소는 어미젖을 찾아 야생 염소의 꽁무니를 쫓아다녔다. 하지만 염소들이 발길질하며 쫓아내자, 이내 지친 새끼들이 나무 아래에 모여들었다. 새끼들은 사람을 따르는 척도 했다. 몇 시간에 걸쳐 미오트라구스를 찾던 대공은 마침내 총으로 새끼 염소를 모두 쏘아 죽였다. 날이 갈수록 의기소침해지던 그는 주변의 여러 마을에서 화려한 잔치를 열어 손님들에게 구운 고기를 대접했다. 그가 세상을 떠난 후, 자신이 구애하던 어린 소녀들에게 그 고기를 먹이려던 대공의 고집으로 인해 미오트라구스가 멸종됐다는 소문이 섬 전체에 퍼져 나갔다.

지옥의 건축학을 위한 기록

Notas para una arquitectura del infierno

내가 하늘에 오르리라.

나의 보좌를 저 높은 하느님의 별들 위에 두고

신들의 회의장이 있는 저 북극산에 자리잡으리라.

나는 저 구름 꼭대기에 올라가 가장 높으신 분처럼 되리라.

〈이사야〉 14:13-14

1

    주변에 공원도 없는데 흙냄새가 났다. 2킬로미터 떨어진 곳에 알무데나 공동묘지가 있기에 그는 죽은 자의 영기靈氣가 도시 상공을 맴돌고 있다고 생각했다.

    마드리드는 공동묘지로 가득했다. 산이시드로 공동묘지, 카라반첼 바호 교구 공동묘지, 다 허물어져가는 건물 뒷편에 둘러싸여 독특한 취향을 가진 사람에게만 아름다워 보이는 영국인 공동묘지까지. 영국인 공동묘지 옆 건물에는 잔디밭도 없고, 양로원을 연상시키는 크고 작은 화려한 속옷이 거미줄처럼 얽힌 빨랫줄에 항상 널려 있었다.

바예에르모소의 산마르틴 공동묘지와, 20세기 초까지 시신의 종착역이던 아라필레스의 노르테 공동묘지(지금 그 자리에는 엘 코르테 잉글레스 백화점이 들어섰다)처럼 역사의 뒤안길로 사라진 공동묘지도 잊어서는 안 된다.

그는 자신의 직업을 부끄럽게 여겼지만, 사실 대단히 새로운 일을 하는 것도 아니었다. 1980년대에 시청 도시계획 담당관으로 일하던 그는 중앙아메리카로 이주하기 위해 몇 년간 다니던 직장을 그만두었다. 그러고는 멕시코로 건너갔지만 오 개월 동안 샤먼과 마약에 빠져 살다 결국 정신병에 걸리고 말았다. 그는 자기가 정신병원에 입원했다는 사실을 아무에게도 알리지 않았다. 초록색 솔로이츠쿠인틀레* 몇 마리가 자기 가족의 언어, 즉 할머니, 삼촌, 아직 태어나지도 않은 동생들과 **큰형**의 언어로 말을 걸고 있다고 확신하기 때문이었다. 그는 도시계획 업무를 좋아했지만 다시 시청으로, 예전 일자리로 돌아간다고 생각만 해도 절망감에 사로잡혔다. 동료들이 의심의 눈초리로 볼 것이 뻔했다. 그가 직장을 그만두고 떠날 만큼

* 멕시칸 헤어리스 도그라고도 불리는 털이 없는 견종.

용기 있다는 사실을, 그리고 태연하게 돌아와 인맥으로 원래 자리와 월급을 되찾을 만큼 뻔뻔스럽다는 사실을 참을 수 없을 것이기 때문이었다. 그 무렵, 수군거리는 소리가 들리거나 왼쪽 어깨에 지속적으로 열기가 느껴지면 길 한복판에서 절로 걸음이 멎는 새로운 능력이 나타났다. 문제는 그 열기가 그의 살이나 뼈가 아니라 바깥에서 왔고, 손이라는 물리적 형태를 지녔다는 점이다. 하지만 그의 쇄골에는 짙은 적색 폴로셔츠와 지속적인 열감 말고는 아무런 물리적 접촉이 없었다. 그가 처음으로 또렷이 들은 목소리는 정적에 잠긴 집 곳곳에서 들려 왔다. 그는 다시 정신 착란을 일으킬까 봐, 그리고 엉뚱하게 솔로이츠쿠인틀레가 다시 나타날까 봐 털컥 겁이 났다. 하지만 냉정하게 다시 분석한 결과, 정신 착란이나 망상이 아니라 다른 것이라는 확신이 들었다. 그러고 나서 그는 세상을 뜬 지 이십 년도 더 되는 큰형에 관해, 가족이 숨겨온 그의 불명예스러운 삶의 역정에 관해, 큰형이 가장 아끼고 좋아하던 동생인 자신 또한 얼마나 똑같은 수치를 당하며 살아왔는지에 관해, 그럼에도 계속 큰형의 발자취를 따라다니면서 애독서를 찾아 읽고, 사진을 보고, 또 좋아하던 음악을 따라

들었는지(큰형이 죽은 후로 그는 큰형의 침대 밑에서 큰형의 레코드를 안고 잤다)에 관해 예전과 다르게, 즉 억울한 마음 없이 생각했다. 모든 것은 강박관념이나 유전의 결과였다. 그는 자신의 관심이 그것과 다른 종류의 것인 양, 즉 친밀감이나 심지어 정의감처럼 단순한 문제인 양 은폐하지 않고 사실을 있는 그대로 인정하기까지 수많은 세월을 공허하게 보냈다. 제정신을 잃고 날뛰는 큰형의 모습을 본 날을 기억한다. 아주 또렷하고 정확하게 기억난다. 가을의 분위기, 베이지색으로 칠한 길모퉁이 교회, 보도에 뒹구는 플라타너스 낙엽. 큰형은 〈묵시록〉의 한 구절을 목이 터져라 외치며 가로등을 기어 올라갔다. 어디에 홀린 사람처럼 보였다. 게다가 머리까지 빡빡 밀었는데, 면도칼에 군데군데 베인 상처가 난 채였다. 머리에 맺힌 핏방울은 싱싱한 꽃처럼, 그리고 화가 호세 데 리베라의 '티티오스'*에 묘사된 상처처럼 반짝거렸다.

형의 착란 증세는 그 이전, 그러니까 일 년 동안 어디론가 사라졌을 때 시작되었다. 어머니는 큰형이 가출한 사

---

*   제우스와 엘라라 사이에서 태어난 거인 티티오스가 레토를 공격한 죄로 제우스에게서 고문과 벌을 받는 장면을 그린 작품.

실을 아무도 모르게 숨겼다. 그러다 갑자기 장난감이 집에 도착했다. 경주용 자동차. 인디언과 카우보이. 줄넘기. 어린 여자아이들이 갖고 노는 둘시타 아기 인형. 동방박사는 이삼 주에 한 번씩 집에 들렀다. 동방박사는 큰형이었다. "큰형이 어젯밤에 왔었어." 어머니는 동생들에게 그렇게 말했다. "그런데 너무 늦게 도착해서 금방 일어서야 했단다. 게다가 너희가 잠든 뒤라 얼굴도 못 보고 말이다. 요즘 일하느라 바쁘지만, 너희에게 이걸 주려고 일부러 온 거야." 라우리타는 엄마 말에 감쪽같이 넘어가서, 선물들이 보이지 않는 오빠, 종이 인형 오빠, 돌차기 놀이 구슬 오빠, 훌라후프 오빠, 강아지 오빠가 보낸 선물이라고 쉽게 믿어버렸다. "엄마, 다음번에는 꼭 깨워줘." 반면 그는 비밀을 가슴속에 묻어두었다. "아주 중요한 일이 있어서 이제 가야 해." 큰형이 일요일 새벽 6시에 이런 말로 작별 인사를 했다. 결코 꿈이 아니었다. 엄마가 속이 빤히 들여다보이는 거짓말로 둘러댔지만 말이다. 하지만 감히 엄마 말에 이의를 제기할 용기가 없었다. 마치 엄마와 큰형의 말을 모두 믿어야 하고, 둘의 말이 동시에 성립될 수 있다는 듯이 말이다. 두 사람의 이야기를 종합하면 야밤에, 그것도 특정 시간에 보이지 않게 나타났다 사라지는 큰형은 유령처럼 떠남과 동시에 여기 존재하는 셈이었다. 그로부터 이 년 후, 큰형은 몇 달 간격으로 집에 나타났다. 아침을 먹으러 온 날도 있다. 추운 저녁, 렌트한 닷지 다트 승용차(전에는 검은색 메르세데스 승용차를 몰고 왔는데, 가끔 운전사를 데리고 오기도 했다)에 동생들을 태우고 밤을 꼬박 달려 새벽녘 산악 지대에 있는 작은 마을 론세스바예스에 데려가기도 했다. 그러던 어느 날 큰형은 마침내 심한 발작을 일으켰다. 큰형은 거대한 딱정벌레를 봤다는, 그리고 어떤 남자가 계속 자기를 쫓아온다는 망상에 시달렸다. 큰형은 책의 몇 구절을 큰 소리로 줄줄 읊고 다녔다. 큰형이 다시 집에 들어와 살자 부모님은 아연실색했다. 큰형은 주먹으로 가구를 내리치거나 자기를 잡으러 온 자를 발견했다며 황급히 페르시아나*를 내렸다. 그러지 않을 때면 크게 너털웃음을 터뜨리거나, 캐러멜 커스터드푸딩을 욕조에 풀기도 했다. 그는 누군가 자기를 염탐하고 있다는 형의 말을 믿었다. 또 큰형이 플란을 풀어 목욕하면서 라틴어로 '필

---

*　　강한 햇빛이나 바람을 막기 위해 창문에 대는 덧문.

리포스 탄핵 연설'*을 노래 부르듯 암송하고, 눈에 보이지 않는 이들과 대화를 나누는 모습을 보면서 즐거워했다. 큰형이 가냘픈 몸매와 달리 힘차고 민첩하게 가로등을 타고 올라갔다가 곧장 구급차에 실려 갔을 때, 그는 도저히 이해할 수 없었다. 혹시라도 산울타리 뒤에 누가 숨어 있는지 아무도 가서 살펴보지 않았다. 집에 혼령이 출몰하는지 확인하기 위해 영매를 데리고 오지도 않았다. 그래서 그는 직접 편백나무를 샅샅이 살펴보고, 큰형이 수상한 목소리들과 대화를 나누던 복도 모퉁이에서 그들에게 침묵할 것을 요구했다. 하지만 그는 어떤 것도 보거나 듣지 못했다. 집은 죽어 있었고, 큰형 또한 죽은 것 같았다. 어머니는 그림자처럼 집을 이리저리 돌아다녔다. 어머니는 침대와 소파를 오가며 살다시피 했고, 하인들에게 이래라저래라하지도 않았으며, 식사라고 해야 겨우 몇 숟가락 뜰 정도였다. 그러던 어느 날, 푸리 이모가 그들과 같이 살기 위해 왔다. 이모는 아이들을 학교까지 데려다주었고, 매일 저녁 세 시간 동안 서재에 앉아 숙제를 하게 했다. 심지어 너무

---

*   아테네 웅변가 데모스테네스가 조국을 구하기 위해 시민들에게 항전을 호소한 연설.

어려서 숙제가 없던 여동생도 작은 의자에 꼼짝 않고 앉아 연습장에 빼곡히 글자를 채웠다. 이모는 큰형이 악마와 거래해서 그런 일이 생긴 거라는 말을 매일 반복했다. 어머니가 침대나 소파에 누워 있는 것 말고 다른 일을 할 수 있게 되자, 이모와 말다툼이 벌어지기 시작했다. 결국 이모는 짐을 싸서 나간 뒤 다시는 돌아오지 않았다. 어느 날 아침, 카르멘 할머니가 그들을 깨웠다.

"너희 엄마 아빠는 휴가를 떠날 거야." 할머니가 말했다. "돌아올 때까지 내가 여기 있을 거니까 그리 알아."

하지만 그나 여동생은 부모님이 없다고 아쉽지도, 딱히 보고 싶지도 않았다. 두 분의 빈자리는 여름, 그리고 수업이 끝나는 시기와 맞물린 데다 이미 통속적인 드라마 같은 가정사에 질린 상태였다. 게다가 궁금한 점을 물어보기에는 아직 너무 어렸다. 그들은 큰형이 아버지의 친아들이 아니라는 사실을 모르고 있었다. 사실 큰형은 어머니가 어렸을 때 낳은 아들인데, 어머니는 오랜 세월 동안 이를 숨긴 채 자기 동생인 것처럼 말하고 다녔다. 마치 모든 이의 동생인 것처럼. 사실 아버지 입장에서 보면 큰형은 뚜렷한 이유 없이 성인이 될 때까지 집에 얹혀 산 군식구에, 아내의 남편이자 아이들의 아버지 같았을 뿐만 아니라, 순수한 악의 산물이었다. 뿌리도 모르는 아들에게서 마침내 벗어났을 때 아버지가 얼마나 안도했는지 그들은 전혀 알아차리지 못했다.

그는 멕시코에 있는 정신병원에 입원하기 전에도, 큰형이 사라진 일 년 동안 그의 부재를 정당화하는 환상을 품고 살았다. 그가 태어났을 무렵 큰형은 국방성의 고위직 인사였다. 얼마 뒤 나사가 프레스네디야스 데 라 올리바 지역에 아폴로 계획 지상 추적소를 설치하며 그곳 소장으로 임명되었다. 큰형이 그곳에서 일하던 시절 그는 여전히 어렸지만, 엄숙한 분위기를 풍기던 손님들과 큰형이 무슨 일을 하는지 절대 발설하지 못하도록 한 일이 기억났다("누가 물어보면 사업한다고 말해." 하지만 정작 큰형은 그다지 신경 쓰지 않는 눈치였다. 게다가 그의 반 아이들은 그에게 나이가 아주 많은 형이 있고, 중요한 인물이라는 사실을 이미 알고 있었다). 이따금 큰형이 집에 돌아오지 않을 때도 있었다. 그런 날이면 어머니는 전화기 옆에서 웅크리고 잤다. 전쟁 발발이나 적국의 공격을 알리는 것처럼 라디오에서 시간을 알려줄 때마다 전화벨이 울렸다. 그 무렵 평일에는 관용차, 그러니까 운전사가 딸린 검은색 메르세데스 승용차가 집 앞까지 왔다. 그 모습을 보면서 그는 큰형이 맡은 특별한 임무에 관해 상상의 나래를 한껏 펼쳤다. 나사에서 일하는데 자기 업무에 관해 밝힐 수 없었기 때문에, 큰형은 그 대신 다른 행성과 우주 비행사, 그리고 미확인 비행물체에 관한 이야기를 들려주었다. 뉴멕시코 주 어느 농장에 추락한 비행물체(형은 UFO 잡지에 실린 사진을 그에게 보여주었다), 이백 명의 학생이 오스트레일리아 벌판으로 내려오는 비행물체를 목격한 사건 등……. 그런 상황에서 큰형의 부재를 큰형이 책임을 맡아 철저하게 조사해야 했을 어떤 사건과 연관 짓는 일은 문제도 아니었다. 그 정도의 연상은 아무리 어리더라도 쉽게 할 수 있었을뿐더러, 사랑하는 큰형을 기나긴 저녁 시간 동안 조용히 포기해야 하는 부담에서 벗어나게 해줄 만큼 바람직한 일이었다. 더구나 큰형이 자취를 감추었을 무렵, 공교롭게도 언론과 텔레비전 뉴스에 대대적으로 보도된 미확인 비행물체 현상이 발생했다. 그는 열광적으로 뉴스를 보았다. 그리고 난생처음 신문을 읽기 시작했다. 지구에 착륙한 존재가 화성인이 아니라 천사라고 주장하는 이들이 나타나면서 종교적인 열광에 가까울 정도로 온 나라가 들끓었고, 그는 목격 사례에 관해 더 많은 자료를 찾아다녔다. 밤마다 마을 교회 종탑을 새처럼 맴도는 네 개의 둥근 불빛 아래서 큰형이 일하는 모습을 생각만 해도 가슴이 두근거렸다. 주민들은 모두 대피했고, 그 지역은 봉쇄되었다. 아직 흑백이던 텔레비전에서는 기자들과 이베리아 반도 전역에서 마을로 몰려든 구경꾼에게 총구를 겨누는 군인의 모습이 나왔다. 신문에는 매일 미확인 비행물체 전문가의 주장과 발언이 실렸다. 미확인 비행물체를 따라 전세계를 돌아다녔다고 주장하면서, 빛나는 구체球體가 실제로는 하얀 가스를 내뿜는 삼각형의 우주선이라고 말하던 어느 바야돌리드 사람이 지금도 기억난다.

2

여동생과 그는 토요일마다 정신병원에 입원한 큰형을 만나기 시작했다. 큰형을 보러 가면 외계인과 함께 있는 기분이 들었다. 방문 초창기에 큰형은 정신병원 정원에서 그들을 기다렸다. 병원에 들어서면 간호사가 큰형이 햇볕

을 맞으며 꾸벅꾸벅 조는 곳으로 데려다주었다. 큰형은 더
는 자기 이야기를 하지 않았다. 단지 질문만 던졌다. 곧 드
리워질 침묵을 피하려는 듯, 보고서 문항처럼 까다로워도
마지못해 대답해야 하는 질문만 골라 했다. 잠시 후, 대화
는 무언가 빠진 듯해도 어느 정도 자연스러워졌다.

아버지는 여전히 큰형을 향해 증오심을 품고 있었지
만, 오누이가 병원을 방문할 수 있도록 아내를 설득했다.
그를 병원에 입원시킨 지 오 년이 지난 어느 날, 아버지는
그와 여동생을 앉혀놓고 이를 위해 일부러 구입한 책의 도
움을 받아 큰형의 상태가 어떤지 자세히 설명해주었다. 그
참고 도서는 서재 책장에 여전히 꽂혀 있다. 첫 번째 만남
은 의료진 한 명의 감독하에 아주 더운 방에서 이루어졌
다. 큰형은 한참 동안 그들을 무심하게 바라보다가, 입원
환자 중 하나가 자기 담배를 훔쳐 갔다는 둥, 뜨거운 물로
샤워하는 게 너무 싫다는 둥 투덜거렸다. 그는 불평을 늘
어놓는 뚱뚱하고 둔한 남자를 보자 마음이 언짢아졌다. 함
께 정원을 산책할 때도 무거운 침묵이 감돌았다. 큰형은
한 시간이 넘어서야 자신의 행동이 부적절했음을 깨달았
다. 작별 인사를 나눌 때, 큰형은 머릿속 해마 어딘가에서

혈연관계의 정이 생겼지만 발붙일 곳을 찾지 못한 것처럼 그들에게 혼란스러우면서도 무심한 권고를 몇 가지 했다.

처음에 그는 큰형의 정신적 마비 상태, 그러니까 멍청한 고깃덩어리로 변해버린 것이 병의 산물이라고 생각했다. 하지만 나중에 알약의 부작용에 관한 글을 읽고 나자, 화학적 방법으로 정신 안정을 이루지 못하면 큰형이 어떻게 될까 궁금했다. 그건 그가 스스로 풀어야 할 문제였다. 형의 몸짓과 표정을 주의 깊게 관찰했지만, 마약 환자를 보는 것이나 다름이 없었다. 언젠가 그들이 병원에서 식사를 하려고 기다리는 동안, 사춘기에 접어들면서 온갖 잘난 척을 다 하던 라우리타가 큰형에게 모멸감 주는 행동을 서슴지 않았다. 라우리타는 냅킨으로 큰형의 얼굴을 닦는가 하면, 콩이 접시에서 식탁으로 굴러떨어지자 그를 나무라기도 했다. 반면 그는 큰형의 뇌가 신경안정제인 할로페리돌에 의해 마취되지 않은 듯 행동하려 애썼고, 일부 뉴런을 다시 활성화시킬 수 있는 대화 주제를 찾으려고 했다. 모든 것이 큰형을 제대로 이해할 수 있는 방법을 찾는 데 달렸다고 여전히 굳게 믿던 그는, 어느 날 큰형의 몸속에 남아 있는 그 약물 성분이 가장 큰 파괴력을 지니고 있다고 결론지었다. 하지만 그는 끔찍한 재앙 같은 그 상황이 자신의 일상에 그다지 큰 변화를 일으키지 않았으리라 오판하고 있었다. 어머니는 우울증을 앓은 후 그런 아들이 없었던 것처럼 행동하기 시작했다. 어머니는 큰형의 방을 싹 다 바꾸고 쓰던 물건을 죄다 내버렸다. 어머니와 오누이는 이삭 페랄 거리와 파세오 데 후안 23세 거리 사이에 위치한 단독주택에 살았다. 그 동네는 유명 기숙학교와 대학교, 그리고 녹음이 우거져 어두운 프랑코* 시대의 공원과 인접해 있으며, 상류층을 위한 주택이 모여 있었다. 이삭 페랄 거리와 의과대학 건물을 가르는 작은 숲에 들어갈 때마다, 마드리드의 멋진 산맥이 거기에서 시작되고 있으며 손을 뻗으면 숲이 우거진 산 정상을 만질 수 있을 것 같은 느낌이 들었다. 숲의 공기는 결핵 환자에게 권할 정도로 맑고 시원했다. 그들 집에는 수영장도 있었는데 겨울에도 덮어 두지 않아서 6월이면 이끼, 올챙이와 더불어 거품이 잔뜩 일어났다. 정원에는 덩굴시렁, 장미 화단, 밤나무 세 그루, 집과 거리를 가르는 2미터짜리 담장보다 더 높이

---

* 1936년 스페인 내전을 일으켜 집권한 독재자 프란시스코 프랑코 바아몬데로.

자란 편백나무도 있었다. 그럼에도 그는 자신을 특권층이라고 여기는 데 꽤 오랜 시간이 걸렸다. 그가 자기와 비슷한 환경의 아이들하고만 어울렸기 때문이고, 나중에는 큰형의 빈자리와 그의 실성, 그리고 어머니의 무관심을 일종의 결핍으로 경험했기 때문이었다.

3

1972년, 아버지는 그의 뛰어난 성적과 자신의 마음에 드는 전공(건축학) 선택을 축하하며 그에게 미니 쿠페를 사주었다. 그 무렵, 그와 나머지 가족 간의 차이가 이미 두드러지게 나타났다. 그는 자신의 까무잡잡한 피부, 어떤 일이든 가볍게 여기지 못하고 간단한 것도 복잡하게 접근하는 습성, 고독과 소외, 이해할 수 없는 것을 향한 취향, 해질 녘만 되면 괜히 불안해지고 모든 것이 비현실적으로 보이는 이상한 느낌, 위협당하는 기분을 자주 언급했다.

승용차를 몰면서부터 그는 단호하고 성숙해졌으며, 거친 행동도 서슴지 않았다. 그는 대부분 시간을 집을 떠나 대학에서 보냈다. 그에게 건축은 단순한 직업이 아니라, 학교에서 터득한 거리 두기 방법이었다. 스페인 내전 당시 곳곳이 부서진 대학 건물은 복원 이후로도 거의 바뀌지 않아서 다른 시대로 들어가는 느낌이었다. 긴 복도로 이어진 건물은 시간이 멈춘 일종의 벙커였다. 비닐 공처럼 생긴 하얀색 유리 구체는 역대 학장들의 청동 흉상에 희미한 빛을 비추었다. 동상에는 작은 명패가 붙어 있었지만 굳이 보려고 하지는 않았다. 그가 대학에 들어갔을 때, 북쪽 부속 건물의 지붕 수리 공사가 막 시작되었다. 공사 도중 지붕 밑바닥에 파묻혀 있던 불발탄이 발견되었고, 이후 그는 여러 주 동안 시우다드 우니베르시타리아에서 벌어진 마드리드 방어 전투에 관해 읽으며 시간을 보냈다.

그토록 바라던 전공 수업이 시작되었지만 가족에게게서 받은 마음의 상처는 쉽게 아물지 않았다. 지붕에서 녹슨 포탄이 발견되던 날, 그는 모든 것을 공중으로 날려버리고 싶었다. 교수들, 남학생과 여학생 패거리, 예쁘지도 못생기지도 않은 목탄화 실기 수업 모델들 때문에 자주 짜증이 났다. 그는 서쪽 하늘을 바라보고 있는 장미 정원으로 숨어 들어가, 건축가 페르난도 이게라스가 설계한 아름답고 기이한 모습의 **가시관***에 의해 지평선이 찢어진 풍경을 보는 것을 좋아했다. 가시관은 마드리드의 현대 건축물 중 다른 나라로 떠나고 싶은 마음을 사그라들게 하는 몇 안 되는 사례였다. 언제든 달아나고 싶다는 욕망이 있는 데다 마음의 상처가 쉽사리 아물지 않은 까닭은 그가 큰형에게서 목격한 변화 때문이었다. 그즈음 그는 어머니가 아들을 포기해서 큰형의 법정 후견인이 된 터였다. 큰형의 새로운 건강 상태는 이제 막 대학생이 된 그의 삶에 오랫동안 두려워하고 열망하던 사건처럼 강하게 주입되었다.

그가 건축 학교에 입학하기 전 복용하던 약을 바꾼 덕분에 큰형의 정신은 점점 말짱해졌다. 둘의 사이도 차츰 가까워졌다. 이제 그와 큰형은 각종 뉴스거리, 거의 찾아오지 않는 나머지 가족들 소식, 다른 입원 환자와 맺은 우정, 심지어 정신병원에서 퇴원할 가능성까지 논의했다. 너무 오랜만에 큰형에게서 친밀감을 맛본 터라 놀랍기 그지없었다. 그 친밀감은 착란 증세와 뒤섞였고, 둘이서 함께 외출할 수 있던 것도 대부분 그런 망상 덕분이었다. 큰형

---

*   La Corona de Espinas. 1970년에 완공된, 지붕이 가시관 모양으로 된 건물.

은 토요일에만 동생을 만나는 일정에 더는 만족하지 못했다. 그래서 그는 학교 수업이 끝난 뒤 자주 병원에 들렀다. 큰형은 죽은 이의 목소리를 들었다고 장담했다. 둘은 함께 마드리드에 있는 공동묘지를 모두 찾아갔다. 큰형의 말에 의하면 그런 곳에서 죽은 이들의 영혼과 순수하게 연결될 수 있었다. 둘은 알무데나 공동묘지, 시립 공동묘지, 유대인 공동묘지, 플로리다 공동묘지, 영국인 공동묘지, 노르테 공동묘지, 산로렌소 이 산호세 공동묘지, 산타 마리아 공동묘지, 산페드로 공동묘지, 산세바스티안 공동묘지를 돌아다녔다. 그런 곳에 가면 큰형은 제정신이 돌아오는 듯 보였다. 예민해진 탓에 혀가 굳어 말이 잘 안 나오는 경우도 줄었고, 망연자실 넋 나간 사람처럼 멍한 표정도 사라졌다. 큰형은 자신이 국방성에서 일했다면, 그건 어디서 음모를 꾸미는지 알 수 있는 영매의 능력을 가졌기 때문이라고 말하기도 했다. 병원에서의 외출은 갈수록 변덕스럽고 기상천외하게 변했다. 큰형이 우기는 바람에 과다라마의 하로사 저수지 근방에 있는 산장 주택에 가기도 했다. 그 집 정원에 들어갔을 때, 울고 있는 여자아이를 만났다. 아이는 그들에게 엄마가 죽었다고 했다. 큰형은 명상

하듯 한참 침묵을 지키더니 아이 머리를 부드럽게 쓰다듬었다. 언젠가 큰형은 한밤중에 그에게 전화를 걸어 자기를 병원에서 빼내 비칼바로에 있는 산업단지에 데려다달라고 했다. 도착하자마자 큰형은 어느 창고의 문을 따고 들어갔다. 그는 경찰이 쓸모없는 고철 덩어리를 훔치는 큰형을 잡아가리라 생각하면서 차에서 기다렸지만, 다행히 아무 일도 일어나지 않았다. 큰형은 그에게 어떠한 설명도 하지 않았다. 정신병의 흔적은커녕, 비정상적일 만큼 정신이 맑고 또렷해 보였다. 그 역시 행여 큰형이 겁을 먹을까봐, 동생을 자기 목에 '정신 이상자' 팻말을 걸어두고 감시하는 자로 여길까 봐 아무것도 묻지 않았다. 큰형은 자신의 정신병을 세상이 복수심에 불탄 나머지 오랜 세월에 걸쳐 자신을 이해하지 못한 결과라고 여겼다. "그들은 내가 무엇을 알고 있는지 두려워해." 큰형은 서글픈 눈빛으로 자신의 정신 착란에 관해 말했고, 모든 것을 잃어버려 가슴 아파했다. 어느 정도 정상적이면서도 강렬한 노스탤지어에 사로잡히는 순간은 그리 흔치 않았다. 큰형은 늘 복잡하게 뒤얽힌 삶의 지층과, 정신 착란을 일으키기 전 자신의 삶이 어땠는지 전혀 기억하지 못했다. 반면 그는 그렇게 뒤죽박죽이 된 큰형의 삶에 몰입해서 그것을 무시하기보다 이해하려 했고, 자신의 삶에 겹쳐서 보고, 심지어는 장난을 치려고도 했다. 그러던 어느 날, 그는 큰형이 침대에서 매일 아침 봤다고 주장하던 불새에 관해 농담을 했다. 큰형은 과장된 소리로 흥감스레 웃다가, 어리둥절하면서도 뚱한 표정으로 그를 보더니 냅다 뛰기 시작했다.

그렇게 큰형의 착란 증세를 서서히 현실로 받아들일 무렵, 그가 마음속으로 늘 우려하던 일이 터지고 말았다. 장난감 칼을 가지고 놀다가 복부에 상처를 내서 피가 흐르는 것처럼, 갑작스럽고 처참한 방식은 아니었다.

건축학을 공부하려면 거리에서 스케치를 해야 했다. 큰형은 악마가 도시를 지배하고 있다고 주장했기에, 문득 악마의 관점에서 건물을 봐야겠다는 생각이 들었다. 그는 기이한 사실, 예를 들어 누에스트라 세뇨라 델 크리스토 산토 교회 정면의 스테인드글라스 창문 원 안에 사탄주의를 뜻하는 역오망성逆五芒星이 있고, 산블라스의 루에카 골목길에 바포메트*의 그림이 많이 그려져 있다는 사실을 공

* 기독교 오컬트에 등장하는, 뿔 달린 염소나 산양의 머리를 한 신적 존재.

책에 적어두었다. 어느 날 밤, 처마 장식이 있는 술집에서 생맥주를 마시며 하루 동안 관찰한 내용을 공책에 적고 있는데, 신학교 건물에 들어가는 큰형의 모습이 언뜻 보였다. 그는 공중전화 부스로 가 정신병원에 전화를 걸었다. 당직 의사는 큰형이 병실에 없다고 했다. 그러고는 자신들이 경고했음에도 환자가 어느 정도 자율적 권리를 누려야 한다고 결정한 사람은 바로 법정 후견인인 당신이라는 사실을 상기시켰다. 그는 전화를 끊고 곧장 신학교로 가서 담장을 뛰어넘었다. 큰형이 정원을 굽어보는 방에 있다고 확신했다. 그는 한참을 기다렸다. 그 시각, 구름이 아테나스 공원 위로 몰려들며 신학교 건물이 옅은 안개에 휩싸였다. 뾰족한 편백나무 꼭대기가 유령처럼 으스스해 보였다. 그는 잔디밭에 앉은 채 불빛이 흘러나오는 창문만 바라보면서 오랫동안 기다렸다. 도시 전체가 짙고 불길한 어둠에 잠기면서 신학교 건물에도 어스름이 깔리자 그는 더 불안해졌다. 마드리드의 밤거리에서 들려오는 소리는 엄청난 고독뿐이었다. 차갑고 냉정한 분위기의 텅 빈 공원, 더는 노랫소리가 흘러나오지 않는 주점밖에 없었다. 그는 큰형이 창가에서 자기를 지켜보고 있을까 봐 두려웠다. 그러다 깜박 잠든 그는 무섭고 불쾌한 꿈을 꾸다가 마치 기차가 몸 위를 지나간 것처럼 화들짝 놀라 깼다. 다음 날 그는 큰형을 찾아갔다. 큰형은 여느 때와 다름없는 모습이었고, 그에게 아무것도 묻지 않았다. 하지만 왠지 큰형이 하는 모든 말에 이중적 의미가 담겨 있다는 느낌을 받았다.

그 주에 그는 매일 밤 신학교 앞에 서서 기다렸다. 사람을 잘못 봤다고 결론 내리려던 순간, 헐렁한 트렌치코트와 약간 굽은 등, 그리고 어색한 걸음걸이가 눈에 띄었다. 큰형이 건물 정문을 지나고 있었다. 그는 여태까지 일어난 일을 모두 뒤집어 생각했다. 망상이나 착란이 그려내는 세계는 단지 상상의 평면에서만 일어나는 것이 아니었다. 무언가가 있었다. 정신병은 큰형이 아무도 모르게(어쩌면 자기 자신도 모르게) 살아온 다른 삶을 숨기기 위한 구실이나 핑계였을지 모른다. 그는 정원 담을 뛰어넘어 백양나무, 삼나무, 미국느릅나무 사이로 걸어 들어갔다. 지난번에 거기 갔을 때 개 짖는 소리를 듣지 못했지만, 그는 회양목 나무 울타리 뒤에서 마스티프 한 마리가 튀어나오는 모습을 상상했다. 그는 잔디밭에 누워 창문을 면밀히 살펴보았다. 만약 어느 신학생이 그를 발견했다면, 거지나 공원을 돌아다니는 좀도둑(그런 것이 존재한다면)쯤으로 여겼을 것이다. 집에 돌아오니 새벽 2시였다. 너무나 깊은 비현실감에 사로잡힌 나머지 쉽게 잠을 이루지 못했다. 그는 벌벌 떨었다. 라디에이터에 발을 얹어놓았지만 얼음장처럼 차가웠다. 다음 날, 그는 수업 시간에 목탄화로 그렸던 모델 에밀리아와 만나기로 했다. 금발과 빨간 음모를 가진 여자였다. 그는 수업에도, 신학교 정문에도 가지 않았다. 그는 에밀리아를 호텔로 데려가 자기도 모르는 사이(여자의 몸에 삽입해서 사정하기까지 삼 초밖에 걸리지 않았기 때문이다)에 그에게 동정을 바쳤다. 그러고 나서는 기괴할 정도로 우울하고 시무룩해졌다. 그는 에밀리아가 하는 말에 아무 대꾸도 하지 않았다. 그 대신, 말 못 하는 꼭두각시 인형 흉내라도 내려는 듯 오른손을 양말에 집어넣고는 변을 보려고 여러 번 화장실에 갔다. 그는 에밀리아가 방에서 나가기를 바라는 것처럼 화장실 문도 닫지 않았다. 이처럼 애처롭고 무분별한 방식 말고는 여자에게 그런 말을 할 엄두가 나지 않았다. 사실 그는 자기가 무엇을 원하는지도 몰랐다. 에밀리아는 결국 그를 방에 혼자 남겨두고 떠났다. 그는 하마터면 발작을 일으킬 뻔했다. 간신히 제정신을 찾은 건,

훨씬 뒤에 어렴풋하게나마 이 사실을 알게 되겠지만, 고열을 동반한 감기로 인해 침대에서 거의 보름을 보냈고, 그 덕에 고장 났던 머릿속 키보드 자판 하나가 순간적으로 작동했기 때문이었다.

몸이 나아지자 그는 큰형과 함께하는 시간을 줄이고 토요일에 여동생하고만 병문안을 가겠노라 결심했다. 하지만 호기심이 그를 이겼다. 어느 날 아침, 그는 학교 수업을 빼먹고 정신병원 앞으로 갔다. 병원 앞에 서 있던 그는 한낮에 약에 취한 듯 어색한 미소를 흘리며 결의에 찬 표정으로 걸어 나오는 큰형을 보았다. 큰형은 버스를 타고 가다 오르탈레사에서 내렸다. 그러고는 석면 시멘트 지붕이 덮인 임시 교회로 걸어갔다. 교회 근처에 서 있던 그는 안도의 외침 소리를 들었다. 남자나 여자의 목소리도 아니었지만, 그렇다고 아이의 목소리 같지도 않았다. 무너질 듯 말 듯 위태로워 보이는 건물에서 세 사람의 목소리가 흘러 나왔다. 그중 하나는 큰형의 목소리였다. 차로 돌아왔을 때 그는 살인자를 걸어차기라도 한 것처럼 허벅지에 힘이 풀렸다. 그 순간, 큰형이 어느 영적 수련 단체의 스승일지도 모른다는 생각이 들었다. 그다음 주에도 비슷한 외침 소리가 테투안에 있는 어느 허름한 집의 정적을 찢었고, 간신히 숨어 들어간 어느 아파트 입구 현관에서도 들렸다. 그는 어떤 할머니가 겁에 질린 얼굴로 큰형에게 문을 열어주면서 마치 큰형이 성인이라도 되는 듯이 성호를 긋는 모습을 보았다. 심지어 눈물을 흘리기도 했다. 그는 퀴퀴한 냄새를 풍기는 인조 대리석 계단에 서서 기다렸다. 두 사람의 목소리가 들렸다. 그중 하나는 동굴에서 나오는 소리처럼 울려 퍼졌는데, 바로 큰형의 목소리였다. 뒤이어 격렬한 언쟁이 오가기 시작했다. 목소리들은 서로 죽기 살기로 싸웠다. 그때 어떤 이미지나 말이 떠오르는 대신 몸에 한기가 들었다. 어떤 생각을 해야 할지도 몰랐다. 학업은 그가 정탐 활동과 망상을 버리도록 도와주지 않았다. 학기가 끝날 무렵, 학생들은 길거리에 나와 스케치를 하거나 여러 과목의 과제를 어떻게 할 것인지 계획을 세웠다. 덕분에 큰형의 동태를 감시하기가 수월해졌다. 그는 정탐을 하며 과제도 해결하려고 했다. 너털웃음을 터뜨리는 듯 입을 벌리고 있는 화구 가방을 옆에 놓은 채, 그는 동상에 걸려 빨개진 손으로 그림을 그렸다. 행인들이 가던 길을 멈추고 호기심에 가득 찬 눈으로 그에게 진짜 화가인지 물었다. 과제를 기간 내에 제출해 통과하려면 엄청나게 빠른 속도로 그려야 했다. 하지만 과제를 제출하자 지도 교수는 하나의 건물과 주변 풍경을 그려야 한다는 평가 기준에 맞지 않는 그림이라고 잘라 말했다.

게다가 사크라멘토 성당을 주제로 한 과제는 너무 늦게 내는 바람에 어떤 과목에서도 통과하지 못했다. 세심하게 작업할 수는 있었지만, 함께 연구 계획을 세울 팀을 구성하지 못한 바람에 그의 도시계획 프로젝트의 범위가 단하나의 거리로 축소되었기 때문이다. 건축 분석 범위에서는 바로크 양식에만 해당되었다. 하지만 큰형이 매일 그 성당을 찾았기 때문에, 그것이 계속 큰형의 뒤를 쫓으면서할 수 있는 유일한 프로젝트였다.

처음 두 차례 성당을 찾아갔을 때, 그는 내부를 돌아다니다 아무 소리도 나지 않는 성구실聖具室로 다가갔다. 그는 교구민들과, 소박하고 간결한 카스티야의 바로크 양식, 입구의 프레스코 화를 보면서 유령처럼 안을 돌아다녔다. 그림에는 DNA 사슬 구조처럼 생긴 성구함聖句函을 든 천사들이 얼룩이나 모래 폭풍을 닮은 갈색 이물을 굽어살피고 있었다. 벽에는 '미늘창의 그리스도' 엠블럼(두 개의 미늘창이 교차하고 그 위쪽에 왕관 하나가 얹어진 형태다)이 수놓인 태피스트리가 두 개 걸렸는데, 한가운데에는 각각 십자가에 못 박힌 그리스도와 성모가 새겨져 있었다. 그림은 모두 끔찍했다.

그는 누군가가 큰형을 별관으로 데려갔다고 생각했지만, 발코니에는 불이 꺼져 있었고 자동차 소음 때문에 아무 소리도 들리지 않았다. 첫 이틀 동안, 큰형이 거기서 늦게 떠났기 때문에 그 시간을 이용해 차분하게 스케치를 할 수 있었다. 그는 교회와 인접한 건물을 스케치하고 도시계획 연구를 위해 다양한 자료를 수집하는 등, 퇴짜 맞을 것이 뻔했지만 과목을 모두 통과할 것처럼 행동했다. 도서관에서 자료를 살펴보던 중, 그는 그 성당이 원래 시토회* 수녀들을 위해 지어졌으나 그들이 살던 옛 수녀원은 흔적도 없이 사라졌다는 사실을 발견했다. 또한 성당을 설계한 건축가가 미움을 사는 바람에 반세기가 지나서야 공사를 시작할 수 있었다는 사실도 알게 되었다. 원래의 설계도면은 하나도 남아 있지 않았으나 기묘한 자료 하나가 눈에 띄었

---

* 　프랑스 중동부 디종 인근의 시토라는 마을에서 비롯한 가톨릭교회의 봉쇄 수도회.

다. 교회의 치수를 정하기 위해 여러 차례 장비를 동원해 측량했지만, 마치 건물이 계속 움직여 윤곽과 형태를 잡을 수 없는 것처럼 측량 결과가 매번 다르게 나타났다는 내용이었다. 1753년 도둑들에게 참수당한 노인의 유령이 자주 출몰한다는 전설도 있었다. 그 사실 또한 큰형의 행태와 일치하는 것 같았다. 전설에 따르면, 노인은 자기를 그렇게 만든 자를 밝히기 위해 죽은 직후 목이 없는 채로 나타났다고 한다.

그는 큰형이 성직자, 미친 사제, 구마 사제가 되었을지도 모른다는 개연성 희박한 가설을 세웠다. 실제로 하얀 제의를 입고 성배를 높이 드는 사람은 큰형이 아니었다. 큰형이 고해소에 들어가는 것도 보지 못했다. 새로운 점이 있다면 큰형이 점점 더 늦게, 거의 동틀 무렵이 되어서야 성당에서 나왔다는 것이다. 그는 큰형이 저녁을 먹기 위해 그곳에 머물러 있었고, 화강암으로 지어진 널찍하고 화려한 부속 건물에서 식사를 제공했으리라 추측했다.

어느 목요일, 차에 앉아 있던 그는 별관의 어느 방 커튼 사이로 비치는 큰형의 그림자를 보았다. 말라붙은 야자수 잎이 발코니에 달려 있었다. 큰형은 방에서 이리저

리 움직이고 있었는데, 누군가를 구석에 몰아넣고 위협하
거나 공을 가지고 노는 것처럼 걸음걸이가 어딘지 부자연
스러웠다. 그러고 나서 갑자기 불이 꺼졌다. 다시 한번 온
몸에 오싹 전율이 일었다. 그의 뼈와 근육은 머리가 상황
을 논리적이면서도 불분명하게 만들고 있음을 알았다. 그
사건은 매일 같은 시간에 사흘 연속 되풀이해서 일어났다.
나흘째 되던 날, 성당의 원형 천장에 달린 등이 켜졌다. 바
로 그 순간, 그는 천장 꼭대기에서 큰형의 실루엣을 분명
하게 보았다. 성당 내부에서 원형 천장으로 갈 수 있다거
나 통로가 있다는 말은 들어본 적이 없었다. 다음 날, 미사
가 끝난 뒤 그는 교구 신부에게 원형 천장까지 올라갈 수
있는지 물었다. "천장을 청소할 때나 작업 시 안전벨트를
고정해야 하는 경우에만 올라가죠." 신부가 대답했다. "근
데 저 위에 사람이 올라가 있는 걸 봤거든요." 그도 물러
서지 않았다. 그러자 신부는 당장 나가라고 했다. 그날 밤,
하늘에 별 하나 없이 으스스할 정도로 어두컴컴한 가운데
그는 다시 천장 등에서 누군가를 보았다. 큰형이었다. 큰
형은 얼굴 근육 하나 움직이지 않은 채 굳은 표정으로 그
를 바라보았다. 그 모습으로 봐서는 몇 시간 동안 그를 지

켜보고 있던 것이 분명했다. 그런데 갑자기 큰형의 그림자가 원형 천장에서 부속 건물로 옮겨 가더니, 모든 방을 빠르게 돌아다니기 시작했다. 얇고, 성당과는 어울리지 않게 경망스러운 커튼을 통해 그림자를 알아볼 수 있었다. 그림자는 방 사이의 벽이 죄다 허물어진 것처럼 잠시도 멈추지 않고 빠르게 움직였다. 큰형은 마침내 말라붙은 야자수 잎이 발코니에 달려 있는 방에 도착했다. 으스스한 안개가 거리 전체에 내려앉았다.

꼭대기 방

La habitación de arriba

어느 누구에게나 설명할 수 없는 공포심을 불러일으키는 그 복음.

샤를 보들레르

첫날 밤, 엄청나게 큰 소리가 들렸다. 여자는 누군가
가 옆방 투숙객을 죽이려 하고 있거나, 드릴이 그 몸속을
뚫고 들어가는 중이라고 생각했다. 아니면 어떤 괴물이 의
자를 천장에 집어던지고 바닥에 구멍을 뚫고 있을지도 몰
랐다. 하지만 여자의 방 옆쪽에 더는 방이 없었다. 객실 관
리 직원 말로는 그랬다. 그러나 그 소리는 분명 벽 뒤에서
들려왔다. 괴물 기계가 내는 커다란 소음과 더불어 게임
을 하고 있는 듯한 두 남자의 목소리도 들렸다. 그들은 영
어로 말했다. 그 순간, 여자는 침실(물론 객실 관리 직원은 그

런 방이 있을 리 없다고 했지만)에서 가구를 부수며 매우 소란스럽고 난폭한 성행위를 하고 있다는 생각이 들었다. 예를 들어, 금발 남자(여자는 영어를 하면 무조건 금발이라고 생각했다) 한 명이 옷을 하나씩 벗어 올려놓으며 세면대를 야구 배트로 내리치는 동안, 나머지 한 명도 권투 글러브를 끼고 똑같이 했을지도 모른다. 그리고 벽에 걸린 액자를 떼어내고 그 자리에 셔츠를 건 다음, 권투 글러브로 그 옷을 마구 강타했을지도 모른다. 터무니없는 상상이지만, 여자가 보기에는 충분히 가능한 일이었다. 여자는 소리가 그칠 때까지 기다렸다가 맨발에 티셔츠 차림으로 복도로 나갔다. 아무리 봐도 방은 없었다. 그 층에는 보일러실과 엘리베이터 기계 시설이 전부였다.

여자는 자기가 일하는 호텔에서 살았다. 세끼 식사와 마찬가지로 방세 또한 쥐꼬리만 한 월급에서 공제되었기에 실제로 손에 쥐는 돈은 거의 없었다. 지하에 있는 세탁실 옆방에서 기거하는 웨이터 두 명도 여자와 같은 조건이었다. 여자는 창문에서 도시 전체를 내려다볼 수 있다는 점에서 작더라도 꼭대기 층에 있는 방을 택했다.

여자는 종일 호텔 주방에서 일했다. 여자의 일과는 아

침식사로 제공되는 계란 스크램블을 만들어 보온 용기에 담는 일로 시작되었다. 누군가가 보온 용기의 뚜껑을 열어 놓은 것을 웨이터가 모르고 지나치지 않는 한, 응고된 노란색 덩어리는 오전 7시에서 10시 30분까지 일정한 온도로 유지되었다. 그 이후 계란은 미지근하게 변했다. 베이컨, 소시지, 구운 감자도 마찬가지였다. 여자는 구운 감자에 백리향을 뿌렸다. 하지만 손님들은 엉터리 영국식 아침 식사에 거의 손도 대지 않았다. 호텔에는 외국인이 거의 없었다. 투숙객은 대부분 맞은편 건물에서 열리는 박람회에 참가하기 위해 지방에서 온 사람들이었다. 박람회 건물은 현지 신문과 텔레비전에서 격렬한 비판과 열렬한 찬사를 동시에 받은 건축가가 설계한 코르틴강鋼 외관으로 유명했다. 호텔 식당에서 잔뜩 녹이 슨 건물로 가려는 이들은 영국식 아침을 먹느니 차라리 올리브유, 토마토, 하몬(품질이 아무리 형편없더라도)을 넣은 토스트를 택했다.

호텔에서 나오는 음식 중 어떤 것이 맛있었을까? 여자는 손님들이 처량한 표정으로 소스를 곁들인 청새치나 송아지 커틀릿을 씹는 모습을 보며 가끔 죄책감을 느꼈다. 요리사는 자신과 부르고스 출신의 오십대 여자 단 두 명이었다. 둘 다 요리 솜씨는 훌륭한 편이었지만, 핵 재난 지역에서 생산된 것 같은 아이스버그 양상추와 토마토를 가지고 괜찮은 샐러드를 만들 수는 없었다. 통조림 당근과 비트에서는 시큼한 맛이 났다. 소시지에는 질긴 돼지비계 조각이 통째로 들어 있었다. 러시아식 샐러드에 들어가는 채소는 그렇게 오래 익히지도 않았는데 항상 흐물흐물 물러져 있고, 마요네즈는 시큼한 뒷맛을 남겼다. 롱가니사*에서 유해 지방이 스며 나오면, 그들은 아침에 남은 구운 감자로 토르티야를 만들어야만 했다. 우선 구운 감자에 붙은 백리향을 털어낸 뒤 계란, 우유와 섞었다. 음식을 더 맛있어 보이게 하려고 프라이팬에 올리브유를 더 넣는 수고는 하지 않았다. 커다란 봉지에 담겨오는 생선은 항상 말라 있어서, 메를루사**와 대구를 구별하기도 어려웠다. 여자가 좋아하는 음식은 삶은 계란이나 계란프라이를 넣어 만든 채소 샌드위치밖에 없었다. 계란프라이를 넣으면 노른자가 빵 조각에 난 구멍으로 우스꽝스럽게 흘러나왔다. 여자는 점심으로 계란프라이 샌드위치를, 저녁으로 삶은 계

---

* 잘게 저며 소금에 절인 돼지고기를 창자에 채워 넣은 순대의 일종.
** 대구목 남방대구과의 바닷물고기.

란 샌드위치를 먹는 데 이골이 났다. 일주일에 한 번씩 나오는 렌즈콩 수프를 제외하고 다른 요리는 도저히 참을 수 없을 지경이었다. 아침은 팩에 든 오렌지주스로 때우고, 수요일에는 렌즈콩 수프를 보며 행복에 겨운 한숨을 내쉬었다. 여자와 부르고스 출신 요리사는 메뉴에 있는 요리와 바 진열대에 죽은 벌레처럼 놓여 있는 요리를 상세하게 설명해놓은 레시피 북을 따를 수밖에 없었다. 전기 기사인 남편, 두 자녀와 함께 도시에 살던 부르고스 여자는 차라리 그 편이 더 낫다고 입버릇처럼 되뇌었다. 그런 형편없는 재료를 가지고 어떻게 좋은 요리를 만들 수 있겠냐는 뜻이었다.

첫째 주에 여자는 음식이 말하는 꿈을 꾸었다. 허공에 떠 있는 듯한 여자의 방으로 냉동 아티초크, 옷장 크기만 한 완두콩, 창백한 닭가슴살이 올라왔다. 음식이 하나씩 여자 앞에 나타났고, 수많은 목소리가 음식을 통해 여자에게 말했다. 귀청이 터질 듯한 소리를 제외하고는 모든 것이 아리송하기만 했다. 그 목소리는 여자의 기억에 오래도록 남아 있었다. 매일 아침, 여자는 간으로 만든 타파스*에 들어

---

*   스페인 요리에서 간식이나 안주로 먹는 애피타이저의 일종.

갈 마을을 다지면서 다시 은신처로 돌아가 또 하룻밤을 보
내야 한다는 생각에 괴로웠다. 여자는 방이 감춰져 있지도
않은데 왜 자신이 그런 이름을 붙였는지 이해가 가지 않
았다. 방의 창문은 대로를 내려다보고 있었다. 빛이 환하
게 들어와서 여자는 종종 열기구에 사는 꿈을 꿨다. 분명
한 사실은 여태껏 거기까지 올라온 사람이 아무도 없다는
점이었다. 만약 여자가 뇌경색으로 쓰러지면, 과연 여자를
구하러 올 사람이 있을까?

　　은신처라는 이름 때문인지 자꾸 납치에 관한 생각이
떠올랐다. 여자는 스스로를 납치한 것일까? 아니면 음식
들, 물과 소르브산 방부제로 거대하게 부풀어 오른 옥수수
알갱이에 의해 납치당한 것일까? 아무래도 그런 것 같다
는 생각이 들었다. 바로 그 때문에 여자는 게맛살, 누에콩,
그리고 화이트 와인에 담근 초리소가 나오는 악몽을 꿨다.
초리소 기름 때문에 방바닥이 너무 미끌거려서 슬리퍼가
자꾸 바닥에 미끄러졌다. 바닥에 넘어지면 입고 있던 옷을
버려야 했다. 호텔 세탁기로는 불그스름한 기름얼룩이 빠
지지 않기 때문이다. 결국 꿈속에서 여자의 옷은 하나도
남지 않았다. 여자는 서랍에서 그 옷을 찾기 전까지 꿈에

나온 옷을 잃어버렸다고 믿는 날이 많았다. 이처럼 강렬한 인상을 남기는 꿈은 단조롭고 무의미한 여자의 일상과 극명한 대조를 이루었다. 여자는 호텔을 정상적으로 돌아가게 만드는 보이지 않는 톱니바퀴였다. 여자는 예쁘지도 그렇다고 못생기지도 않았기에 여자를 시샘하는 웨이트리스도, 여자에게 추파를 던지는 프런트 남자 직원도 없었다. 여자는 아주 평범하고 흔한 외모여서, 드문 경우지만 여자가 주방에서 나와도 손님들은 살아 있는 존재가 식당을 가로질러 지나가고 있음을 전혀 알아차리지 못했다.

그러던 어느 날 밤, 여자는 벽을 타고 흘러내리는 물 위를 걷고 있는 악어 꿈을 꾸었다. 아프리카 외딴 지역에서 온 악어였다. 인터넷과 저가 항공편 덕분에 요즘 정말로 먼 곳은 존재하지 않았지만, 여자의 꿈속에서 세계는 무한하고 불가사의했다. 여자는 그러한 인상이 어린 시절에서 비롯된 것이 틀림없다고 생각했다. 하지만 여자는 곧 그 생각을 버렸다. 여자의 유년 시절은, 지금처럼 유쾌하지도 불쾌하지도 않고 다만 생소한 냄새를 풍길 뿐인 축축한 분위기와 거리가 멀었다. 정체를 알 수 없는 그 냄새는 쿠바의 수도인 아바나에 갔을 때 나던 역겨운 냄새와 비슷했다. 여자는 아프리카의 외딴 지역이 사실 브라질의 오지일지도 모른다는 생각이 들었다. 비쩍 마르고 못생긴 브라질 사람들이 호텔에 묵고 있었기 때문에 그런 생각이 든 것이다. 그들은 모두 가슴에 자그마한 악어 로고가 수놓인 라코스테 폴로셔츠를 입고 있었다.

차가운 북풍이 세차게 몰아치던 어느 새벽, 여자는 바람과 금속성 소리가 나는 꿈을 꾸었다. 북풍이 여자의 근육과 뼈를 짓누르자 분필로 칠판에 쓸 때처럼 관절에서 삐걱거리는 소리가 났다. 그리고 피가 소용돌이치더니, 몸이 위로 붕 뜨면서 붉은색의 작은 빗방울 속으로 사라지고 말았다. 산산이 흩어진 여자의 육체와 도시의 소리는 끝내 프런트 데스크에 도달하지 못한 채 알몸으로 로비를 가로지르던 지배인과 뒤섞였다. 모든 이가 지배인을 바라보고 있었지만, 이와 동시에 아무 일도 일어나지 않은 것 같았다. 하지만 아비시니아* 사절단이 도착하기 전에 옷을 입는 것이 좋을 듯했다.

잠에서 깼을 때, 여자는 자신이 다른 이의 꿈을 꾸었

---

* 에티오피아의 옛 명칭.

다고 확신했다. 어쩌면 지배인의 꿈이었는지도 모른다. 여자는 전날 밤에 그가 호텔에서 묵었다는 사실을 확인했다. 여자와 지배인 사이에 어떤 공통점이 있었을까? 지배인은 대개 저녁 8시 30분에 퇴근했다. 그는 신흥 주택단지에 살았다. 음식을 넉넉하게 준비하지 않으면 회사 영업 사원들이 차려둔 아침을 다 거덜 내고 박람회로 몰려갔기 때문에 지배인은 여자와 자주 대화를 나누었다. 그는 그런 일이 일어나지 않도록 여자와 부르고스 요리사에게 수시로 주의를 주었다. 그러고 나면 항상 실없는 농담을 던졌다. "요즘 유행하는 말 들어봤어?" 상사가 하는 말이기도 했지만, 그가 좋은 사람이었기에 여자는 무조건 웃었다.

또 언젠가 여자는 고민을 털어놓기 위해 라디오 방송국에 전화를 거는 어느 여인의 꿈을 꾸었다. 그 여인의 아들은 얼마 전에 암으로 세상을 떠났다. 라디오 프로그램에는 사회자 외에도 합창단이 출연중이었는데, 여인의 비극을 함부로 조롱했다. 여인은 합창단에게 용서를 구했다. 꿈속에서는 모욕당하는 것과 용서받는 것 사이에 상식적으로 납득하기 어려운 관계가 존재했다. 여자는 일반적인 꿈의 논리와 달리, 모든 일이 너무나 또렷하게 벌어져서 불안해졌다. 잠에서 깬 여자는 연극 작품처럼 그 장면에 관해 쓰기 시작했다.

예전에 여자는 글 쓰는 것, 특히 시 쓰는 것을 좋아했다. 열여섯 살 때, 여자는 어느 친구에게 자기가 쓴 시를 보여주었다. 친구는 강렬한 이미지가 인상적이라고 했다. 그러던 어느 날, 둘을 다 아는 아이가 여자에게 놀라운 소식을 귀띔해주었다. 그 친구가 뒤에서 여자의 흉을 본다는 것이었다. 여자의 시가 형편없지만 가여워서 차마 대놓고 말하지 못했다고 했다. 그 뒤로 여자는 더는 글을 쓰지 않았다. 그렇다고 그것을 포기라고 여겼거나, 친구에게 화가 난 것은 아니었다. 시를 쓰기 전, 여자는 이따금 취미로 나무판에 파란색 향수병을 그린 다음 라벨에 '하와이에서'라고 쓰기도 했다. 또 전자 키보드를 사서 어린 시절 피아노 레슨에서 배운 기술도 연습했다.

여자는 결국 전자 키보드 연습뿐 아니라, 자신을 돋보이게 하는 그 어떤 일도 죄다 포기하고 말았다. 특히 남부에 있는 항구 도시 말라가에서 일 년 동안 미술을 배우며 어느 배우와 아파트를 나누어 썼는데, 그 후 여자는 남의 눈에 띄는 일을 극도로 혐오하게 되었다. 그 시기 동안 여자는 사람들이 자신의 출신 배경(대학생 시절 여자는 고학하던 유일한 학생이었다)을 이유로, 의욕과 야망이 없다는 이유로 자기를 업신여긴다고 생각했다. 여자는 미술을 중도에 그만두고 우에스카에 있는 어머니 집으로 돌아와 호텔 경영학 수업을 들었다. 돈 한 푼 없는 가난뱅이 신세가 미덕으로 보이기 시작했다. 여자와 여자의 언니가 성공하길 바라며 두 딸을 비싼 음악학교에 보낸 어머니는 복장이 터질 수밖에 없었다. 하지만 언니는 여자보다 먼저 피아노를 포기하고, 지금은 마르코 알다니 헤어 살롱에서 미용사로 일하고 있다.

여자는 라디오 방송국에 전화한 여자에 관해 쓴 장면이 마음에 들지 않았다. 너무 억지스러운 느낌이 들었지만 없앨 엄두가 나지 않았다. 여자는 장면 자체가 아니라 꿈이 떠오르는 방식, 그러니까 여자가 글을 통해 접근할 수 있던 방식에서 아주 실감 나는 무언가를 발견했다. 어느 날 점심시간에 여자는 한 손님이 부르고스 요리사에게 하는 말을 우연히 엿들었다. 그 손님은 맏아들이 위암으로 세상을 떠났는데, 자기도 같은 병으로 죽기 위해 최선의 노력을 다하고 있다고 했다. 그 손님이 세 번이나 스테이크를 더 익혀달라고 요구하자, 부르고스 요리사는 고기를 숯덩이처럼 태우기 전에 대체 누가 그런 요청을 하는지 확인하기 위해 주방에서 나와야 했다. 손님은 불에 탄 고기는 암을 유발한다고 설명했다. 그래서 몸에서 암세포가 발생하도록 술과 담배를 하고, 탄 고기를 먹기 시작했다는 것이다. 그 말을 듣자 부르고스 여자는 기겁하며 말했다. "하지만, 부인……." 손님이 여자의 말을 끊고 대답했다.

"하지만 부인 따위 소리는 하지 말아요! 난 아무도 귀찮게 할 생각 없어요. 단지 고기를 태워달라는 것뿐이에요. 돈을 낸 이상 나도 요구할 권리가 있잖아요."

그 손님은 제정신이 아니거나, 사람들의 관심을 끌려는 것 같았다. 둘 다인지도 모른다. 여자는 지배인의 꿈을 꾼 것과 마찬가지로 자신이 그 손님의 꿈을 꿨다는 사실을 알았다. 여자는 거대한 미니당근과 다른 식재료가 등장하는 악몽이 자신의 경험이 아니라, 박람회 기간 동안 호텔에 머물던 어느 영업 사원의 경험(그가 가진 식권은 서글프게도 호텔 식당에서만 사용할 수 있었다)에 기초한 꿈이라는 사실도 알았다. 여자는 곧 은퇴할 나이가 된, 대머리에 눈매가 둥근 남자를 떠올렸다. 여자는 그 남자가 인생의 쓴맛과 단맛을 다 보았고, 눈썹이 짙고 끝이 뾰족해서 슬픈 표정을 숨기고 있다고 상상했다. 여자는 말라비틀어진 버섯이 입맛을 잃게 만들고 기분을 상하게 할 뿐만 아니라, 그와 아내의 무미건조한 관계를 상기시킨다고 상상했다.

　여자의 꿈은 점점 확장됐다. 하룻밤 사이에 여러 손님이 꿈에 나타났다. 매일 아침 여자는 전날 밤 침대 옆에 머물던 그림자가 누구인지 알아내려 애썼다. 곧 돌아오겠다고 맹세한 뒤 사라진 안달루시아 출신의 중년 여인은 누구였을까. 남성으로 추정되는 꿈의 주인은 여인의 부재를 외설적으로 추적했다. 꿈꾸는 이가 남자인지 여자인지는 보통 확신할 수 없었다. 무의식 속에서 성별은 그다지 중요하지 않은 것 같았다. 꿈에 아이들이 나오면 그들이 꿈꾸는 이의 아들인지, 손자인지, 조카인지, 아니면 형제자매인지 가늠할 수 없었다. 때로는 그날 하루의 타성이 되풀이되기만 하는 것처럼 모든 꿈이 무심하게 지나갔다. 춤추는 인형을 배경으로 북적거리는 장난감 박람회, 로스 모네그로스 지역의 휴게소에서 쉬었다 가는 자동차 여행, 끊임없이 모양을 바꾸는 여행 가방을 꾸리려고 서두르는 모습……

　그 꿈을 대체 누가 꾸는지 일일이 알아내려다 보니 쉽

게 지칠 수밖에 없었다. 여자는 꿈꾸는 이에 대해 많은 것을 알지만, 동시에 아무것도 알지 못했다. 매일 밤 자기 어머니일지도 모르는 어느 부인에게 모욕당하는 꿈을 꾸는 남자를 만나도, 여자가 그에 관해 알게 된 유일한 정보는 저속한 일상의 갈등뿐이었다. 사람들이 숨기는 것이나 여자 자신이 다른 이들에게 숨기는 것은 대개 특별할 것 없는 평범한 문제였다. 하지만 모두가 겪는 고통이라도 그것을 함구하거나, 그 일 때문에 과도하게 괴로워한다면 그것은 비정상적인 일로 둔갑했다.

그러던 어느 날, 여자는 어느 꿈속에 나타난 자신의 모습을 보았다. 그다지 즐거운 경험이 아니었다. 자기를 갈기갈기 찢어버릴 수도 있는 미친개와 마주친 느낌이었다. 꿈속에 나타난 여자의 모습은 서서히 무너져 내리고 있었다. 엉덩이는 쪼그라들고 다리는 더 짧아졌다. 얼굴에는 파리 다리처럼 검은 주름이 오글오글 잡혔고, 가슴이 깊게 파인 드레스를 입은 탓에 등을 구부정하게 만들 만큼 크고 풍만한 가슴이 살짝 드러났다. 여자는 쌕쌕거리는 소리를 듣고 자기 꿈을 꾸는 이가 남자라는 사실을 알았다. 쌕쌕거리는 소리가 어떤 이의 숨소리여서가 아니라, 그 소리가 어느 남자에 의해 재창조되고 있다는 여자의 느낌에 딱 맞아떨어졌기 때문이었다. 어느 날 밤, 그 남자는 테루엘 출신의 제빵사로 나타나 여자를 해안 마을로 초대했다. 남자는 하얀 앞치마를 두르고 종이 모자를 쓴 모습이었다. 그는 해안에 벽돌 공장으로 쓰이는 가마를 가지고 있었다. 그는 전기도 수도도 없는 집으로 여자를 데려가더니, 거기가 호스텔인 것처럼 말했다. 여자와 함께 거기에 머물 예정이라고 했다. 여자는 남자가 이미 실망하고 있음을 느꼈다. 여자는 자신의 감정에 관해 아무 말도 할 수 없었다. 꿈속에서 곱실거리는 머리를 하고 실제 나이보다 몇 살 더 먹은 여자는 차가운 몸뚱이에 지나지 않았다. 잠에서 깨어났을 때, 여자는 약간의 불안감이 들었다. 꿈을 꾼 이가 누구든 간에, 여자는 그에게서 아무런 매력을 느끼지 못했다.

그 남자의 꿈은 갈수록 잦아졌다. 그가 항상 제빵사로 등장한 건 아니었다. 자기 집에 여자를 숨긴 노인이자, 정장 차림에 넥타이를 매고 서류 가방을 든 외과 의사로 나타나기도 했다. 여자는 관광사업차 호텔을 자주 찾는 손님들을 조사하기 시작했다. 비록 그들 도시는 경제적 위기 상태였지만, 다행히 운이 좋았다. 곧 도시에 현대 미술관이 개관할 예정이었다. 그들은 향후 몇 년 내로 방문객이 세 배 이상 늘어날 것으로 예측하고 있었다.

손님을 관찰하기 위해 여자는 틈나는 대로 주방의 작은 창문으로 밖을 엿보았다. 가끔 여자는 단단한 멜론과 치즈 조각을 쟁반에 담아 아침 뷔페 자리로 가져갔다. 박람회에 참가하러 온 손님이 많았기 때문에, 호텔은 늘 어수선하고 시끄러웠다. 문 옆이나 창가 자리를 차지하고 앉은 채 크루아상에 버터를 바르거나 메신저에 답장을 보내고, 지역 신문을 훑어보는 사람들의 모습은 고독한 가면에 지나지 않았다.

여자는 아침 7시부터 밤 11시까지 일했고, 점심식사 후 세 시간 동안 휴식을 취했다. 여자는 일하는 내내 위생모자를 쓰고 있어서 머리가 납작하게 눌렸다. 그래서 늘 머리카락이 볼륨이나 윤기도 없이 두피에 딱 달라붙어 있었다. 여자는 휴식 시간에 방에 올라가서 잠시 눈을 붙이거나, 특별히 북풍이 부는 날에는 거리로 나갔다. 강한 바람이 불면 거리에는 자동차밖에 보이지 않았다. 오후 5시 30분이면 상점은 문을 닫았고, 사람들은 바람에 미친 듯이 날아다니는 차양에 맞을까 봐 집에 처박혀 있었다. 바람

소리만 들리는 텅 빈 광장에 들어서면 여자는 왠지 마음이 차분히 가라앉았다. 자신이 광장에서 춤추는 야행성 동물처럼 보였다. 여자는 머리를 풀고 북풍을 마주했다. 위생 모자에 도난당한 생명력을 머리카락에 되돌려주는 방법은 북쪽에서 몰아치는 바람밖에 없었다. 바람은 여자의 머리에 단정하지 못하고 무질서한 윤기를 주었다. 그러고 나면 여자는 추위를 떨쳐내기 위해 뜨거운 물로 샤워한 다음, 빗으로 엉킨 머리를 풀었다.

여자는 월급을 대부분 저축했다. 사실 돈을 쓸 곳도 없었다. 휴일이 되면 이미 녹초가 되었다. 여자는 일주일에 이틀 쉬는 대신, 사 주 동안 계속해서 일하고 팔 일 연속으로 쉬어야 했다. 나름대로 장점은 많았다. 여자의 피로에는 무언가 신비스러운 면이 있었다. 매일 밤늦게까지 오렌지주스 한 잔으로 버티다가 계란프라이를 얹은 샌드위치를 먹으면서 주린 배를 채우거나, 비현실적인 도시 이미지를 좇아 북풍을 맞으며 거리를 돌아다녔으니까 말이다. 사실 여자는 자신이 어떤 감정을 느끼고 있는지조차 이해하지 못했다. 어쩌면 그것은 일종의 비뚤어진 만족감이었는지도 모른다. 휴일이 되면 여자는 어머니와 언니가 있는 우에스카에 갔다. 식구끼리 대화를 나누고, 갈비와 감자를 넣고 끓인 스튜를 먹은 다음 텔레비전 앞에서 함께 시간을 보내다 보면 마음이 편해졌다. 밤에 꿈도 꾸지 않았다. 그러자 여자는 꿈의 줄거리들이 호텔 꼭대기 방에 숨겨진 마법의 힘을 이용해 그 높은 곳까지 올라와 자신의 머릿속으로 파고든 것이라는 생각이 들었다. 직장을 그만두면 모든 것이 정상으로 돌아올 것 같았다.

여름이 다가오고 있었다. 매서운 북풍은 잦아들었지만, 햇빛이 얼마나 강하던지 도시를 다시 무기력하고 건조하게 만들었다. 여자는 부르고스 요리사의 꿈을 꾸기 시작했다. 정작 자신은 직장 동료의 꿈에 단 한 번도 나오지 않았지만, 여자의 불안감은 피로와 불쾌감을 넘어선 상태였다. 꿈에서 부르고스 요리사의 손과 팔뚝은 언제나 밀가루로 하얗게 뒤덮여 있었다. 그렇지만 잔에 밀가루를 묻히지 않고 손님 테이블까지 카바 와인을 들고 가야 했다. 쟁반을 들고 식당 쪽으로 가는 동안 손에서 하얀 가루가 떨어져 내렸다. 주방에서 나왔을 때, 부르고스 요리사는 집게손가락과 엄지손가락에는 밀가루가 묻어 있지 않아 와인 잔에 손자국을 남기지 않을 수 있다는 사실을 깨닫는다.

하지만 그 순간 무심코 움직이는 바람에 두 손가락에도 밀가루가 묻고 만다. 요리사는 기적이 일어나기만을 바랐다. 밀가루가 유리에 묻지 않기를 간절히 바라면서 하얀 손으로 와인 잔을 집어 들었다. 모든 것이 더러워졌지만 쉽게 포기하지 않았다. 손님들이 잔에 묻은 하얀 얼룩을 알아차리지 못할 수도 있다고 생각한다. 우아하게 차려입은 사람들은 요리사가 종일 피자 도우를 만든다고 생각했는지, 밀가루 묻은 팔뚝을 한 번도 보지 않았다. 그들이 아무런 관심을 보이지 않자 요리사도 점점 희망을 가졌다. 밀가루 자국이 눈에 띄지 않을 수 있고, 아니면 원래부터 잔에 있던 자국이거나, 건배할 때 손님들이 손가락을 어디에 대야 하는지 친절하게 알려주기 위해 손수 표시한 흔적으로 여길 수도 있을 테다. 그렇게만 되면 거북한 접객 매너의 실수도 모면할 수 있을 것 같았다.

여자는 꿈속에서 부르고스 요리사가 모든 잘못을 자기에게 뒤집어씌우고 있다고 느꼈다. 심지어 꿈에 자기가 등장하지도 않았는데 말이다. 여자는 졸지에 직장 동료의 걷잡을 수 없는 분노의 표적이 되고 말았다. 여자는 꿈의 세계에 어떤 의미가 있다고 생각하지 않았지만, 그렇다고 의미가 전혀 없다고 여기지도 않았다. 어쩌면 부르고스 요리사는 자는 동안에만 자기를 미워했는지도 모른다. 하지만 그렇지 않다면? 여자는 동료를 신뢰했기에 의심이 들자 적지 않게 당황스러웠다. 부르고스 요리사에게 자기 이야기를 많이 하지 않았을뿐더러, 매서운 북풍이 불 때 거리를 산책했다는 말은 남부끄러워 도저히 입 밖에 꺼낼 수조차 없었다. 부르고스 요리사 또한 쉴 새 없이 수다를 떨어도 정작 자기 이야기는 거의 하지 않았다. 요리사의 수다는 마치 자그마한 새가 날개를 펄럭이는 것 같았다. 그 새처럼 그의 말도 공기를 가르며 곧 시야에서 사라졌다. 부르고스 요리사의 말소리는 부드러운 휘파람 소리처럼 여자를 감싸며 지켜줬다. 하지만 그 소리가 무엇으로부터 여자를 감싸는지 정확히 알 수 없었다. 어쩌면 매일 아침 만나는 프런트 데스크 직원에게서 여자를 지켜줬는지도 모른다. 그 남자는 여자들과 아침을 먹으면서 객실 관리 여자 직원의 엉덩이와 목소리, 머리 염색 방법에 관해 이러쿵저러쿵 이야기를 늘어놓았으니까. 그의 말에 의하면, 그 직원의 머리는 너무 검어서 LED 등을 켠 호텔 로비에 있으면 눈이 아플 정도로 푸른 광채가 난다고 했다. 여자와 부르고스 요리사는 자기들이 없는 자리에서도 저 멍청이가 그렇게 험담을 할 거라고 생각했다.

여자를 불안하게 만드는 것이 또 하나 있었다. 여자는 정말로 자기가 아랫방에서 올라온 꿈을 꾸는 것인지 더는 확신할 수 없었다. 꿈들은 어디에서든 올 것 같았다. 만약 여자에게 일어난 일이 호텔, 그리고 허공에 떠 있는 여자의 방과 아무 관련이 없다면, 다른 이들의 꿈은 계속해서 여자의 꿈에 나타날 것이다. 그런 생각이 꼬리에 꼬리를 물고 나타나자, 여자는 밖으로 나가 정처 없이 거리를 돌아다녔다. 거리의 교통 상황은 여자가 잠들었을 때, 정신 회로 속에 침입한 존재에 의해 초토화된 여자의 머릿속과 비슷했다. 여자는 자신이 어떤 거리를 산책하기로 선택했는지, 아니면 어떤 거리가 자신을 선택했는지 분간할 수 없었다. 마침내 호텔에 도착했을 때, 여자는 자신의 의지에 따라 거기 이른 것인지 아니면 걷다 보니 우연히 온 것인지 알 수 없었다. 여자는 자기가 얼마나 오랫동안 걸어 다녔는지도 알지 못했다. 부지배인은 팔짱을 끼고 여자를 기다리고 있었다. 여자는 곱슬곱슬한 머리카락, 거무스름해진 셔츠 소맷자락, 가슴 한복판에 붙은 작은 풀잎에서 단서를 찾기 위해 거울에 비친 모습을 바라보았다. 몰골로 봐서는 여러 날 동안 거리를 쏘다녔는지도 모른다. 얼굴은 흙먼지를 뒤집어써서 꾀죄죄했고, 팔에는 군데군데 시퍼런 멍이 들었다. 여자는 거울 속에서 무척이나 창백한 안색과 거센 북풍을 맞고 돌아다닌 듯 철 수세미처럼 변한 머리카락을 보았다. 살갗은 핏기가 없어 거의 투명해 보일 정도였다. 셔츠는 단추 세 개가 떨어졌고, 청바지는 디스코텍 바닥에 벅벅 문지른 것 같았다. 여자는 그사이 북풍이 불었는지조차 기억하지 못했다. 여자는 실제로 아무것도 기억하지 못했다. 너무 배가 고파 쓰러질 것만 같았다.

"한 번만 더 그러면 쫓겨날 줄 알아!" 부지배인이 여자에게 말했다. "다행히 박람회도 열리지 않고 트리니가 혼자 일을 다 해서 이번만 그냥 넘어가는 거야. 볼썽사납게 대체 그게 무슨 꼴이야?"

여자는 무슨 말을 하고 싶었다. 우선 부지배인에게 사과하고 다시는 그런 일이 없도록 하겠노라 다짐하면서, 산책하다 길을 잃었는데 너무 무섭고 힘이 없어 그만 거리에서 기절했다고 이야기하려 했다. 그렇게 말하면 왜 그렇게 초라한 몰골을 하고 있으며 기억까지 잃었는지 설명될 듯 싶었다. 하지만 말이 차마 나오지 않았다. 말을 하려고 하면, 목이 메어 구슬픈 울음소리가 끝없이 흘러나올까 겁이 났다. 사무실의 희끄무레한 커튼을 통해 고요한 어둠이 어슴푸레 보였다. 결산 작업을 하는 날이면 부지배인은 사무실에 늦게까지 남아 일했다. 오늘이 그날인가? 이제 겨울이 와서 해가 빨리 저문 것뿐일까? 여자의 머릿속에서는 모든 것이 가능했지만, 후자는 아무래도 불가능해 보였다. 하지만 여자가 지난 몇 달 동안 시내를 싸돌아다녔더라도 부지배인은 여자를 알아보지 못했을 것이다. 팔을 만지자 살갗에 돋은 털이 닭 깃털같이 느껴졌다. 부지배인은 한마디 말도 없이 잠자코 서 있는 여자를 보고 놀라는 기색도 없었다. 그저 나가라고만 했다. 여자가 평소 말수가 적은 편이라 아무도 놀라지 않은 걸까?

여자가 휴대전화를 충전기에 연결하자, 시계는 다음 날 0시 43분을 가리키고 있었다. 여자는 하루를 통째로 날려버린 셈이었다. 아침에 부르고스 요리사는 전날 사라진 일로 여자를 나무라지 않았다. 여자가 보기에, 부르고스 요리사는 그 일을 이미 잊은 듯 보였다. 주방에서는 매일 똑같은 일을 반복하기에 기억이 쉽게 사라질 수밖에 없었다. 여자는 점점 암울해졌다. 여자가 혹시 미쳐버린 것일까? 여자는 부르고스 요리사가 황무지에 세워진 자동차에 타고 있는 꿈을 꾸었다. 태양은 하늘 높이 빛나고, 햇빛이 눈부셔 제대로 눈을 뜰 수 없었다. 그런데도 주변은 따뜻하기는커녕 냉기가 살을 파고들었다. 부르고스 요리사는 태어나자마자 죽음을 맞이하는 작은 생명체처럼 몸을 뒤틀었다. 여자는 꿈속에 나오지 않았는데도, 자신을 향한 직장 동료의 증오심을 느낄 수 있었다. 여자는 그처럼 뒤틀린 꿈속에 나타나는 적대감이 진실과 틀림없이 일치한다고 확신했다. 여기까지 생각이 미치자 여자는 도저히 참을 수 없었다. 여자는 호텔에 사는 것과 타인의 꿈을 꾸는 것 사이에 어떤 관계가 있는지 아직 확인하지 못한 터라, 며칠 밤 동안 밖에서 지내기 시작했다. 여자가 다른 이들의 꿈에서 멀어지기로 결심한 때는 7월 말이었다.

　여름밤이라서 도피가 훨씬 용이했다. 처음에는 강도를 당할까 겁이 나서 시내에 있는 벤치를 골랐다. 그날은 토요일이었다. 여자는 한 술집에서 다른 곳으로 이동하는 사람들에게 둘러싸여 있었다. 무리 중 젊은 여자 둘이 다가와 여자가 괜찮은지 물었다. 주변이 너무 소란스러워 잠을 이루지 못하다가, 새벽 4시가 될 무렵에야 겨우 선잠이 들었다. 깊이 잠들지 못한 탓에 그때 꾼 것이 자기의 꿈인지 아니면 타인의 꿈인지 판단이 서지 않았다. 그로부터 나흘 뒤, 여자는 다시 조심스럽게 호텔을 나섰다. 이번에도 시내에서 멀리 벗어날 용기는 나지 않았다. 그날따라 술꾼과 놀러 나온 이들이 그리 많지 않았지만, 여자는 중앙 대로나 광장 대신 시내 인근의 신흥 주택지구를 택했다. 여자는 어느 술집 앞 화분대 옆에 있는 돌 벤치에 벌렁 누웠다. 그 전에 여자는 술집을 슬쩍 들여다보았다. 안에는 연인들과 알코올의존자일 가능성이 높은 고독한 남자들이 있었다. 술집에서 90년대 스페인 유행가가 메들리로 흘러나왔다. 부드러우면서도 긴장되고 갈라지는 소리. 그날 밤, 여자는 방금 제모한 다리를 욕조에 집어넣는 꿈을 꿨다. 모공 주위가 벌겋게 부어오르고 피부 속이 화끈거리는 증상이 파동의 형태로 가라앉으면서, 무언가 결정적인 것이 해결되었다. 여자는 휴대전화 알람이 울리기 전에 일어나서, 카디건에 새똥이 묻은 채로 기분 좋게 자리를 떠났다. 여자의 발은 꽁꽁 얼어붙은 채였다. 영하 7도의 싸늘한 밤공기가 여전히 주변을 맴돌았다. 하지만 오전 9시,

식당 쟁반에 햄과 치즈를 채우는 동안 여자는 다시 땀을 흘리고 있었다. 햇살이 건물 외벽에 뜨겁게 내리쬐는데 주방 에어컨은 고장이 났다.

몇 달 동안 삶의 일부를 빼앗긴 뒤 이제 회복이 눈앞에 다가오고 있었다. 불확실성은 더는 의미가 없었지만 여기서 그만둘 수 없었다. 어느 화요일, 자정이 넘은 시간에 여자는 잠옷(빨간색이고 얼핏 드레스처럼 보였다)을 갈아입지도 않은 채 길거리로 나왔다. 이번에는 교회 벽 바로 옆쪽 벤치를 선택했다. 한적한 그 장소는 금방 부서지는 싸구려 잡동사니나 다름없는 도심 건물과 다르게 연륜을 과시했다. 여자는 눕자마자 곯아떨어졌다. 새벽녘 눈을 뜨니 도시에 아무도 없는 듯한 느낌이 들었다. 거리에는 자동차 소리조차 들리지 않았다. 이글거리는 태양 아래에서 곧 사라질 상쾌한 새벽 공기를 마시는 순간, 지구가 아니라 먼 우주에 와 있는 듯한 착각이 들었다. 여자는 일어섰다. 그 순간, 경찰차 사이렌 소리가 공기를 가르며 요란하게 울려 퍼졌다. 귀청이 찢어질 듯한 멜로디를 모두 담고 있기라도 한 것처럼 날카롭고 요란했다. 그 소리로 인해 정적이 단숨에 깨졌다. 여기저기서 창에 덧댄 페르시아나 올라가는 소리와 자동차 소리가 났다. 잠에서 깨어난 도시가 기지개를 켜고 있었다. 여자는 호텔로 뛰어갔지만 늦고 말았다. 프런트 데스크 직원이 장난스러우면서도 멍청한 표정으로 여자를 바라보았다. "드레스가 아주 예쁘네." 여자는 아무 대꾸도 하지 않았다. 여자는 방에 올라가자마자 유니폼으로 갈아입고 세수도 하지 않은 채 주방에 갔다. 그날 밤, 부르고스 요리사의 꿈은 여자의 꿈에 들어오지 않았다. 사실 자기가 무슨 꿈을 꿨는지 기억나지 않았다. 하지만 여자가 잠에 깨어났을 때, 도시 전체가 건축 모형으로 변한 듯 주변에 감돌던 공허한 분위기는 이미 잊어버린 자기 꿈의 줄거리에 포함되는 내용이었다.

다음번을 위해 여자는 더 철저히 준비했다. 우선 차가운 새벽 공기에서 몸을 보호하기 위해 중고 매트와 가벼운 담요를 샀다. 더군다나 그렇게 덮고 자면, 지나가던 불량배들도 여자를 노숙자로 여기고 돈을 훔쳐 가지 않을 것 같았다. 여자는 비쩍 마른 데다 몸에 굴곡이 없어서 별 매력이 없었다. 담요를 푹 뒤집어쓰고 있으면, 남자들의 성욕을 불러일으킬 것 같지도 않았다. 여자는 주로 강가나 공원에서 잤다. 그런 곳에 가면 마음이 더 편안했을 뿐만 아니라, 더 깊이 잠들어 온전히 자기 꿈을 꿀 수 있을 것 같았다. 여자는 담요를 머리까지 덮어써도 밤새도록 모기 떼가 귓가에서 앵앵거리리라고는 전혀 생각하지 못했다. 피를 빨아 먹으려고 미친 듯이 날갯짓하는 모기 때문에 잠시도 편하게 쉴 수 없었다. 여자는 몸 곳곳을 모기에게 물린 채 호텔로 돌아왔다. 특히 눈꺼풀에 물린 상처는 공처럼 부풀어 올랐다. 식당 웨이트리스가 급히 약상자에서 연고를 꺼내 발라주었다. 여자는 공원이나 강가에서 잔다는 계획을 수정해, 예전에 판자촌이던 곳에 새로 지은 다리 아래로 피신했다. 아름다운 하얀색 다리는 기차역과 육 개월 뒤 개관 예정인 유명 미술관을 이어주고 있었다. 판자촌이 있던 공터에서는 옆 동네 아이들이 공놀이를 하거나 땅바닥에 드러누워 비행기가 지나가는 모습을 구경했다. 들리는 말로는 공터를 재개발할 계획이라고 했다. 거기에 가는 데 한 시간도 넘게 걸렸다. 오줌 냄새가 코를 찌르는 교각 아래에 도착했을 때, 여자는 도시에 포위된 듯한 느낌이 들었다. 건물 사이에서 거대한 원을 그리고 있는 콘크리트 바닥은 호텔에 있는 여자의 방과 다름없었다. 그것은 예외 상태, 즉 모든 합리적인 공간에서 분리된 영역이었다. 여자는 어마어마하게 넓은 저 땅에서 무슨 꿈을 꾸게 될지 두려웠다. 수천 명에 달하는 사람들의 꿈이 여자의 꿈속으로 밀고 들어올까? 그렇게 머릿속에 들어온 무리가 여자를 파멸시키고 말까? 여자의 첫 번째 상상은 틀리지 않았다. 오줌 냄새가 코를 찌르는 교각에서 벗어나 잠에 빠지자마자 단편적인 꿈들이 동시에 떠올랐다. 여자는 동시에 도처에 존재할 수 있는 능력을 소유한 것처럼 그 꿈들을 바라보았다. 그렇다고 여자가 수천 개의 조각으로 깨어난 것은 아니었다. 여자는 자기 마음이 자신보다 훨씬 많은 것을 알고 있지만, 단지 지엽적인 내용만 기억할 수 있다는 사실을 알았다. 그 모든 꿈은 여자의 마음속 어딘가에서 지금도 여전히 영화 필름처럼 돌아가고 있었다. 여자는 자기 꿈속으로 밀고 들어온 타인의 꿈에 의해 파멸되었다고 느끼기는커녕, 오히려 마음이 차분했다. 지금 서 있는 그 땅이 우에스카에 있는 자기 집보다 더 크지 않다는 느낌마저 들었다. 그 순간, 여자는 군중이 거리로 몰려 나가는 장면이 묘사된 어느 시 한 편이 떠올랐다. 저마다 맡은 일을 하고, 직장으로 출근하고, 또 상복을 입을 시간이 왔다. 여자는 시의 첫 구절만 기억하고 있었다.

한 시간, 정확히 한 시간 전부터
100만 명의 사람이 거리로 나설 채비를 하고 있다.
한 시간 전부터, 그러니까 아침 7시 30분부터
100만 명의 사람이 거리로 나설 채비를 하고 있다.

　몇 년 전 〈라디오 3〉에서 도시의 시에 관한 프로그램을 송출할 때였다. 진행자가 그 시를 낭송하는 동안 여자는 첫 구절을 적어두었다. 프로그램의 진행자가 우에스카에 관련된 시를 전혀 고르지 않아 적지 않게 놀란 기억이 있다. 어쨌든 우에스카도 도시라고, 여자는 속으로 중얼거렸다. 그때부터 여자는 프로그램에서 낭송하는 시를 받아 적기 시작했다. 여자가 호텔에 일자리를 얻었을 때, 창밖으로 내다보이는 풍경이 고스란히 시에 담겨 있는 것 같았다. 실제로 매일 아침 일정한 시간이 되면 100만 명의 사람이 거리로 쏟아져 나왔다. 바로 그 순간, 하얀색 다리 아래, 긴 혓바닥처럼 무한하게 뻗어 있는 그 땅에서 여자는 회사나 병원, 건설 현장으로 가는 사람의 수가 그보다 훨씬 많으리라고 확신했다. 다 합하면 천문학적 숫자가 될 정도였다. 일하러 가야 할 시간이었지만, 여자는 저 멀리 아파트 발코니와 거리에 있는 사람들에게서 눈을 뗄 수 없었다. 여자는 누군가가 자기가 서 있는 넓은 땅을 가로질러 가기를 바랐다. 시간이 꽤 흘렀지만, 시멘트로 덮인 황무지는 여전히 텅 비어 있었다. 인근 아파트 주민은 그곳에 발을 디디기를 기피하는 것처럼 보였다. 심지어 개를 산책시키러 나온 이들도 길 옆으로 이어진 마른 잔디밭의 경계선을 넘지 않았다. 여자는 어떤 이가 그 땅에 발을 디디고 한가운데로 걸어오기 전까지 그곳을 떠날 수 없음을 알았다.

너무 멀찍이 떨어져 있어서 손톱만큼 작아 보이는 한 남자아이가 땅의 가장자리로 다가왔다. 아이는 한참 동안 여자를 바라보았다. 어쩌면 여자가 사람인지 아니면 인형인지 알아내려고 그랬는지도 모른다. 여자의 휴대전화에는 부재중 전화가 여러 통 와 있었다. 부지배인이 건 전화였다. 결국 해고됐네. 여자는 혼잣말로 중얼거렸다. '해고'라는 말에서 왠지 여자는 쫓겨났다는 느낌이 들지 않았다. 오히려 그 말을 들으면 거리로 몸을 던지는 느낌이었다. 그 모든 거리에 눈을 감으면 일제히 여자의 꿈속을 덮칠 꿈꾸는 주민들이 살고 있었다. 여자는 잠시 자신의 호

텔 방과 깨끗한 타월, 아침마다 하던 샤워는 물론, 고요한
증오심이 감돌던 부르고스 요리사의 방과 이해할 수 없는
것을 위해 맞섰던 자신의 박탈감마저 그리웠다. 남자아이
는 몇 발짝 더 다가오더니 다시 멈추어 섰다. 그리고 나서
다시 몇 걸음 더 다가왔다. 여자는 아이의 조심스러운 태
도가 자신과 관련이 있는지, 아니면 그 땅과 관련이 있는
지 궁금했다. 어쩌면 주민들은 콘크리트로 뒤덮인 황무지
보다 조용한 공원을 원했던 터라, 아이들과 함께 보이콧을
하고 있던 것인지도 모른다. 낯선 이가 다리 아래에서 자
는 모습에 익숙하지 않던 나머지, 저 아래 미친 여자가 있
다는 흉흉한 소문이 아침 일찍부터 온 동네에 퍼졌을지도
모른다. 아이는 점점 더 가까이 다가왔다. 아이가 가까이서
자기를 보기도 전에 여자는 벌떡 일어나 자리를 떠났다.

비망록

Memorial

여자에게 페이스북 메신저가 도착했다. 흑백사진의 일부. 가느다란 코와 한쪽 뺨. 낯익은 모양의 귀 한쪽. 얼굴 전체가 나오지는 않았지만, 여자는 삼킨 음식을 세 번이나 게워냈다. 프로필 이름을 보자 독한 위산이 거꾸로 올라왔다. 아펩 오테인.

가명을 좋아하지 않지만 그것 때문에 불안하고 초조했던 것은 아니다. 불안감에 사로잡힌 나머지 닷새나 지나서야 휴대전화에서 페이스북 아이콘을 클릭할 수 있었다. 그러자 불안감은 공포로 변했다. 보름 전에 죽은 엄마의 얼굴이 눈앞에 나타났기 때문이다. 그제야 여자는 그 이름이 엄마 이름을 거꾸로 쓴 것이라는 사실을 깨달았다.

아펩 오테인^{Apep Otein} = 페파 니에토^{Pepa Nieto}

그 사진은 70년대에 찍은 것이다. 여자가 기억하기에 사진은 단 한 순간도 거실 선반을 벗어난 적이 없었다. 가족 앨범을 볼 수 있는 다른 한 명은 아빠뿐인데, 아무리 생각해도 아빠가 스물일곱 살 적 아내 얼굴을 프로필 사진으로 올리고 거꾸로 쓰인 이름으로 페이스북 계정을 만들었을 리는 없었다. 미치지 않고서야 왜 그런 짓을 했겠는가?

여자는 며칠 동안 아빠를 주의 깊게 관찰했다. 아빠가 슬픔에 빠진 것은 당연해 보였다. 억눌린 슬픔, 고립감, 아내가 늘 분주하게 일하던 방에 아무도 없을 때 몰려오는 당혹감. 아빠의 모든 감각이 아직 변화에 적응하지 못한 듯했다. 여자는 아빠가 그런 잘못된 행동에 아무런 책임이 없다는 사실을 분명히 알고 있었다.

아펩 오테인은 친구가 없었다. 페이스북 프로필 페이지에도 페파 니에토의 사진 한 장과 텅 빈 담벼락*뿐이었

---

*   페이스북에서 사용자가 글과 사진 등을 올리는 공간.

다. 어쩌면, 여자는 생각했다, 내가 친구 요청을 받은 유일한 사람일지도 몰라. 여자는 요청을 수락하지 않았지만, 그렇다고 차단하지도 않았다. 엄마의 사진과 거꾸로 쓰인 이름에서 뿜어져 나오는 위세는 상식을 압도했다.

전에 사귀던 애인의 여자친구가 여자를 괴롭히면서부터 여자는 자기 계정에 대한 접근을 제한했다. 소셜 미디어에서 자기를 남자라고 밝힌 스토커의 정체를 모르고 지낸 몇 달 동안, 여자는 백주 대로에서 공격을 당할지도 모른다는 공포에 시달렸다. 어느 날, 자기에게 메시지를 보내던 사람이 정신 질환을 겪고 있다는 말을 들었을 때, 여자는 자신을 비웃었고, 무엇보다 두려움을 비웃었다.

마치 그 효과가 어떤지 검증이 필요한 것처럼, 무심결에 '괴롭힘'이라는 단어를 다시 사용하자 두려움이 일었다. 여자는 경솔하게도 두려움이라면 무시해도 좋다고 생각했지만, 자신의 무분별한 태도에 벌을 내릴 만한 더 큰 힘이 있을지도 모른다는 생각에 두려워졌다.

여자는 집에 몰래 들어와 가족 앨범을 뒤져 문제의 사진을 찾아낸 의문의 인물이 아펩 오테인의 프로필 사진 뒤에 가려져 있다는 확인 메시지가 오기만을 기다렸다.

게다가 그것은 그냥 옛날 사진이 아니라, 수백 장에 이르는 엄마의 사진 중 여자가 가장 아끼는 사진이었다. 어린 시절, 여자는 그 스냅사진을 사랑스러운 눈길로 한참이나 바라보았다. 자기가 세상에 태어나기도 전인 1975년 그날에 엄마의 모든 것이 존재하는 양 말이다. 저녁 내내 사진을 보면서 황홀한 기분에 취해 있던 여자는 사진을 통해 미래를 보는 듯한 느낌이 들었다. 사진에서 기운을 받아 자신도 언젠가 스물일곱 살 때의 엄마를 쏙 빼닮을 거라는, 다시 말해 엄마와 똑같은 이목구비에 감미로운 미모를 갖추리라는 기대에 부풀었다. 물론 지금은 너무 거리가 멀어졌지만 말이다(여자는 아빠를 닮아 땅딸막해서 볼품없었다). 초등학교 5학년이 될 때까지 여자의 소원은 그 사진의 주인공처럼 되는 것이었다.

하지만 사춘기는 그 주문을 깨고, 도리어 분노로 바꿔버렸다. 엄마라는 거울에 자신의 모습을 비추어 보지 않으려는 욕망이 여자의 마음속에 절실하게 일었다. 엄마가 투병하던 마지막 몇 달 동안, 여자는 외국의 어느 대학에 체류하기 위해 안식년을 요청했다. 거기서 연구에 매진한 덕분에 여자는 장기 기능장애와 산소 탱크, 그리고 뼈만 앙

상하게 남은 엄마의 몸에서 달아날 수 있었다.

위협으로 가득 찬 두려운 메시지는 끝내 도착하지 않았다. 아펩 오테인은 여전히 친구가 없었고, 담벼락에 아무 소식도 올라오지 않았다. 마치 그 계정은 존재 이외에 다른 목적이 전혀 없다는 듯 말이다.

여자는 자신에게 우호적인 가설을 몇 가지 세워보았다. 어쩌면 평소 괴상한 방법을 동원해 죽은 이를 추모하던 롤리 이모의 소행 같기도 했다. 이모라면 사진 사본을 손에 넣을 수도 있었을 테다. 하지만 롤리 이모의 성격상 그런 사실을 알리지 않을 리 없기 때문에 그 가정은 성립하지 않았다.

결국 여자가 아펩 오테인의 페이스북 페이지를 방문하는 횟수도 점점 줄었다. 몇 달 뒤부터는 아예 신경도 쓰지 않았다. 얼마 뒤, 여자는 다시 그 페이지를 방문했다. 찾아오는 이가 없어 예전이나 마찬가지로 쓸쓸해 보였다. 담벼락은 텅 비었고 여전히 친구도 없었다. 죽은 엄마처럼 꽁꽁 얼어붙어 있었다. 여자는 친구 요청을 '수락'했다.

여자는 프로필에 있는 사진을 클릭했다. 그 순간, 이미지 하단에 사진을 업로드한 날짜와 시간이 나와 있음을 알아차렸다. 2011년 7월 7일, 오전 6시. 엄마가 여자의 외할머니와 대모 앞에서 세상을 떠난 바로 그날 그 시간이었다. 그때 여자는 병상 부근의 소파에서 잠들어 있었는데, 간호사가 시신을 영안실로 옮길 거라고 통보할 때까지 둘은 여자를 깨우지 않았다.

그날 새벽, 엄마가 빈사 상태에 빠진 동안(그날은 목요일이었는데, 월요일부터 목에서 가르랑거리는 소리만 났다), 여자는 너무 지친 나머지 소파에 드러누워 있었다. 대모가 여자 위로 얇은 시트를 덮어주었다. 어깨에 살포시 덮인 천의 촉감은 엄마가 여자의 침대 위로 허리를 숙이며 덮어주던 이불만큼이나 부드러웠다. 몸 위에서 새와 같이 섬세한 촉감을 느낀 적은 그때가 마지막이었다. 여자는 엄마가 방금 세상을 떠났다고 대모가 알려줄 때까지 잠시 눈을 붙였다. 여자는 그때 이불을 부드럽게 덮어준 사람이 바로 엄마였음을, 그리고 그것이 작별 인사인 동시에 자기를 끝까지 지켜주려는 행동이었음을 대모를 통해 알게 되었다.

여자는 게시물 업로드 날짜와 시간을 변경할 수 있는지 알아보기 위해 페이스북 고객 센터에 문의했다. 결과는 놀라웠다. 그런 정보는 수정이 불가능하다고 했다. 여자는 거의 쉬지 않고 이틀 밤을 지샌 뒤, 아빠에게 말하기로 결심했다. 텔레비전을 보면서 빈둥거리던 아빠는 여자의 말을 듣고 어깨만 으쓱할 뿐이었다. 아내가 세상을 떠난 그 순간, 아내의 옛날 사진과 거꾸로 쓴 이름으로 계정을 만드는 행위가 지극히 정상이라는 듯한 태도였다.

아빠의 무관심한 태도는 사태를 더 악화시켰다. 여자는 아웹 오테인 프로필에 나오는 날짜와 시간을 거듭 확인했다. 그러자 일주일 만에 강박 증상이 일어났다. 여자는 무슨 오류라도 찾아내고 싶은 마음에 오 분마다 한 번씩 사진을 클릭했다. 그 날짜와 시간에 자기 목숨이 달려 있기라도 한 듯 매달렸다. 러시안룰렛 게임을 하는 것과 다름없었다. 여자는 결국 공황발작을 일으켰다. 증세가 너무 심각해서 병원에 입원해 진정제를 투여해야만 했다. 땅딸막하고 통통한 체구인 아빠는 아내를 잃고 뒤이어 딸의 죽음마저 목도하는 것처럼 절망적인 눈빛으로 여자를 바라보았다. 여자는 차마 페이스북 계정 때문에 발작을 일으켰다고 말할 수 없었다. 병실에 찾아온 정신과 의사에게도, 심리 치료사에게도 사실대로 말할 수는 없었다. 여자는 분노와 수치심이 뒤섞인 감정을 느꼈다.

의사들은 여자에게 엑스터시와 비슷하게 환각 효과를 내는 약을 처방했다. 약을 복용하는 것이 아펩 오테인의 프로필에 대한 집착을 버리게 하는 최선의 방법은 아니었다. 하지만 여자는 행복감에 취했고, 매일 반복되는 순례가 사진을 찍은 날짜와 시간을 검증하기 위해서라기보다, 오히려 그 사실을 견뎌낼 수 있음을 스스로 증명하기 위한 방법이라고 확신하게 되었다.

여자는 상황을 다르게 설명할 수 있는 방법을 찾았다. 다소 복잡하지만 불가능하지는 않은 가설이 몇 가지 떠올랐다. 모두 우연과 연관이 있었다. 여자는 소셜 미디어에서 다른 사람 행세를 하기 위해 집에 몰래 들어와 사진을 스캔해 간 신분 위장 절도범을 상상해보았다. 정체불명의 도둑은 가상공간에 그런 흔적을 남기기 위해 최고의 사진, 그러니까 가장 아름답고 행복한 사진뿐 아니라, 감상적 가치가 큰 물건을 골랐다. 흔적은 피해자와 가장 가까운 이에게만 전해져야 효과를 얻을 수 있었다. 또한 여자는 엄마를 지극히 사랑했고, 엄마가 병원에서 죽어가고 있다는 소식을 전해 들었을 때 고통과 분노와 당혹감과 죽음에 대한 순전한 공포를 이기지 못해 그 계정을 만든 가족의 친구를 떠올려보았다. 사랑하는 이가 세상을 떠난 바로 그 순간 계정이 만들어진 것은 불길한 우연의 일치였을 뿐이다. 그게 사실이라면, 그 사람은 당연히 여자에게 친구 신청을 보냈을 것이고, 장례가 끝난 뒤에는 자신의 정신 나간 행동을 부끄러워하거나 까맣게 잊었을지도 몰랐다. 여자는 약 기운으로 세운 가설이 자체로 마약 같은 역할을 했고, 모든 것을 설명해야 하는 정상 상태로 다시 돌아가기 위해서 자신이 그런 가설을 꾸며냈다고 생각했다.

알약을 먹었지만 엄마의 기일인 7월 7일이 되자 마음이 다시 무너졌다. 여자는 일어나자마자 페이스북을 열었고(그날 아침, 아빠와 함께 엄마에게 꽃을 바치기 위해 공동묘지에 갈 계획이었다), 아펩 오테인의 첫 번째이자 유일한 게시물을 발견했다. 어느 수영장 사진이었다. 구불구불한 8자 모양의 형태, 인디고블루 페인트, 회칠한 벽, 금속 와이어 울타리가 눈에 띄었다.

여자가 일곱 살 때까지 살던 집의 수영장이었다. 코르도바 지역의 평원이 훤히 내려다보이던 집은 국도가 가로지르는 어느 마을에 있었다. 사진에는 잔잔한 물만 보일 뿐, 사람은 그림자도 보이지 않았다. 사진은 부모님 소유의 폴라로이드 사진기의 색감 그대로였다. 하지만 여자는 가족 앨범에서 수영장만 나온 사진을 본 기억이 없었다.

여자는 어느 날 오후, 어두워지기 직전까지 엄마와 함께 물속에 있던 날이 떠올랐다. 주변의 선선한 공기와 대조적으로 그때 몸에서는 온기가 느껴졌다. 두 사람은 물속에서 다리를 천천히 움직이며 엄마가 만든 치즈 샌드위치를 함께 먹었다. 그러고는 아직 봄 햇살의 온기를 간직한 수영장 가장자리에 엎드린 채 국도를 지나가는 차 소리를 들었다. 둘은 소리를 듣고 큰 차인지 작은 차인지, 트럭인지 트레일러인지 알아맞히는 놀이를 했다.

여자는 아쁩 오테인의 페이스북 담벼락에 처음 올라온 사진이 여자와 엄마가 젖은 수영복을 입고 푸른빛을 띤 염소 냄새를 맡으며 지는 해를 바라보던 바로 그날 찍은 사진이라고 확신했다. 하지만 아무리 생각해도 뭔가 이상했다. 그 시절 사진을 찍는 일은 언제나 아빠 몫이었는데, 그때 아빠는 출장중이었다. 이는 그날이 반드시 기억해야 할 예외 상태였음을 상기시켰다. 즉, 그날 여자와 엄마는 함께 있는 것 외에는 아무 할 일도 없이 단둘이 있었다.

엄마 묘지에 가기 전, 여자는 앨범과 서랍을 다 뒤져

보고 나서 아빠에게 시골집 수영장을 찍은 폴라로이드 사진이 기억나는지 물었다. 말을 하면서도 바보가 된 기분이었다. 아빠는 사람이 없으면 절대로 사진을 찍는 법이 없었으니까.

"네 엄마가 찍은 사진인지도 몰라. 나는 찍은 기억이 없구나. 그런 걸 왜 물어보니?"

그 무렵 아빠는 아내를 잃은 슬픔에서 서서히 벗어나고 있었다. 인터넷에서 알게 된 여자들과 만날 약속도 했다. 어떤 관계도 이삼 주 이상 지속되지 않았지만 아빠는 전혀 개의치 않았다. 여자는 누군가가 아파트를 전혀 벗어난 적 없는 사진을 이용해 엄마 행세를 한다고 강변할 생각도 해봤지만, 모처럼 독신 생활로 돌아가 행복에 젖은 아빠의 마음을 아프게 할 것 같아 그만뒀다.

정오에 공동묘지에 도착했다. 둘은 엄마를 위해 보이지 않을 정도로 작게 십자가가 새겨진 수수한 비석을 골랐다. 엄마의 비석은 다른 무덤의 묵직한 청동 십자가나 화려한 비문과 묘한 대조를 이루었다. 작열하는 태양이 찌는 듯한 열기를 만들어 텅 빈 공동묘지와 무덤에 현실감을 주었다. 순전히 돌에서 돋아나지 않은 모든 존재를 일순 조용히 시키는 현실감을 말이다. 유령이나 미치광이가 가상 공간에서 죽은 자를 되살린다는 것은 공동묘지에서는 상상조차 못 할 일이었다. 거기 있는 것이라고는 뼈를 간직한 무덤과 아빠의 슬픔뿐이었다. 다른 무엇보다 인생의 황혼기에 접어든 탓에 겪는 슬픔.

"오늘 루이사와 만나기로 했어?" 여자가 물었다.

루이사는 아빠가 최근에 사귄 여자였다.

"오늘은 아니야." 백합으로 장식한 아내의 묘비에 손을 얹으며 아빠가 대답했다. 도시 최고의 꽃집에서 사 온 백합은 밤까지 시들지 않을 것이다.

여자는 자기도 모르는 사이에 다시 아펩 오테인의 페이지를 방문했다. 섬뜩하리만큼 조용했다. 그곳을 방문하는 사람은 여전히 여자밖에 없었다. 여자는 항우울제 복용량을 두 배로 늘렸다. 사십팔 시간 동안 플루옥세틴이 혈액으로 밀려 들어오는 바람에 아무것도 아닌 일에도 큰 소리로 웃거나, 수영장 사진을 멍하니 바라보는 일을 반복했다. 여자의 상태가 다소 진정되었을 무렵 담벼락에 새로 사진이 한 장 올라왔다.

앰뷸런스 옆 환자 이송 침대에 누워 있는 엄마의 사

진이었다. 아빠가 엄마의 손을 꼭 잡고 있었다. 위에서 찍은 그 사진에는 길거리, 앰뷸런스, 구급 대원들, 그리고 가쁜 숨을 내쉬는 엄마의 모습이 보였다. 그날 저녁 엄마는 자신이 죽을 병원에 입원하기로 결정했다. 여자는 그 장면을 뚜렷이 기억하고 있었다. 전에 그 사진을 본 적이 있어서가 아니라, 거실 창문으로 고개를 내밀고 그 모습을 직접 봤기 때문이었다. "내가 마지막으로 떠나는 여행이야." 엄마는 병원으로 가는 도중 아빠에게 그런 말을 했다고 한다. 그날 엄마는 잠시 여자를 올려다보면서 슬프지도 두렵지도 않은 표정을 지어 보였다. 엄마는 쇠약할 대로 쇠약해져 있어서 그런 표정을 지을 힘조차 없었다.

그렇다면 이웃이 그 사진을 찍었을 가능성도 배제할 수 없었다. 하지만 위쪽 두 층에 살던 이웃은 모두 노부부라서, 평소 사진 찍는 일이 취미였다고 할지라도 굳이 그런 장면을 촬영했을 것 같지 않았다. 더군다나 그 사진은 여자의 머릿속에 맴돌던 장면과 정확히 일치했다. 여자의 집 거실 창문에서만 그런 구도로 찍을 수 있었다. 게다가 스냅사진에 포착된 것은 엄마가 창가에 서 있는 여자를 보고 손짓으로 인사하는 장면이었다.

여자는 앞으로 아펩 오테인의 담벼락에 어떤 게시물이라도 올라올 수 있다는 사실을 깨달았다. 실제로 그렇게 되었다. 우선 오디오 파일이 두 개 업로드되었다. 첫 번째 파일에서는 엄마가 노래를 부르고 있었고, 두 번째 파일에서는 여자가 시드니 폴락의 코미디 영화 〈투씨〉를 보면서 (여자가 가장 좋아하던 영화였다) 깔깔대고 웃고 있었다. 여자가 자주 가던 식당과 예전에 묵은 호텔 방들, 여자가 살던 집의 거실, 커피와 케이크를 먹으러 가던 프랑스 제과점, 공책에 적어놓은 속담, 옷 가게 쇼윈도, 그리고 여자가 만든 요리 사진도 올라왔다. 모두 엄마가 여자와 함께 경험한, 아니 여자가 엄마와 함께 겪은 상황과 관련이 있었다. 그 음성과 영상은 여자의 머릿속에 남아 있는 기억의 단편이었다. 분홍색과 하얀색 줄무늬가 있는 식탁보에 방금 내놓은 스튜 접시, 상점 쇼윈도, 치과 대기실을 찍으려고 필름을 낭비한 사람은 아마 없을 것이다. 그런 기억이 저장된 곳은 오로지 여자의 머릿속밖에 없었다. 그중 몇 가지 기억은 두 장의 사진으로 또렷이 되살아났다. 오래전 사용하던 휴대전화에 저장된 사진이었다. 한 장은 식당에서 엄마와 말다툼을 벌인 뒤에, 다른 한 장은 장례식장에서 찍은 것이었는데, 후자의 엄마는 수의를 입은 채 유리관에 누워 있었다. 수의는 삐쩍 마른 육신을 감춰주지 않았고 얼굴에서는 아무 표정도 찾아볼 수 없었다. 엄마의 모습에서는 과거의 어떤 흔적도, 죽음이 어떻게 엄마를 덮쳤는지 엿볼 수 있는 실마리도 찾을 수 없었다. 입술은 접착제로 붙여놓았다. 여자는 돌아가신 엄마의 모습을 하나쯤은 간직해야 한다고 이모가 부추긴 바람에 그 사진을 찍었다.

"지금 찍어놓지 않으면 나중에 후회할 거야." 이모는 거듭 재촉했다.

내키지 않았지만 미신을 좇아 결국 사진을 찍었다. 여자는 언제나, 정확히 말로 설명할 수 없지만, 이모가 아주 특별한 지혜를 가지고 있다고 여겼다. 여자는 휴대전화 카메라로 시신에 초점을 맞춘 뒤 셔터를 눌렀다. 그 후 별다른 감정 동요 없이, 그리고 장례식 날 사진이 앞으로 왜 필요할지 짐작조차 못 한 채, 계속해서 사진을 보았다. 얼마 뒤 여자는 새 휴대전화를 선물받았다. 사진은 옛날 휴대전화에 고스란히 남았다.

여자는 세상을 떠난 친지들을 몇 번이고 인터넷에서 검색해보았다. 특히 스물아홉 살의 나이로 죽은 사촌은 조금 더 자주 찾아보았다. 사촌은 보안 소프트웨어 개발자로 일했기에 여러 IT 포럼에서 그의 흔적을 찾을 수 있었다. 여자는 기술적인 질문에 대해 사촌이 작성한 답변을 읽으면서 냉정한 태도를 잃지 않은 채 상대방을 아주 섬세하게 대하는 그의 모습을 떠올렸다. 그러자 매년 여름 함께 휴가를 보내며 친근한 목소리로 부르던 그의 이름이 생각났다. 어느 여름날, 어른들이 낮잠 자는 동안 사촌의 집을 찾아가 함께 자전거를 타고 휴양지 마을의 하얀 길거리를 마음껏 달린 기억도 났다. 여자는 더 오래된 이들의 기록도 찾아보았다. 오래된 기록 보관소에서 잃어버린 정보와 소식을 찾기를 바라는 마음으로, 증조할아버지와 전쟁 때 세상을 떠난 큰할아버지의 이름을 검색 엔진에 입력하기도 했다. 물론 아무런 흔적도 찾지 못했다. 여자는 정보의 공백에 아연실색했다. 마치 인터넷이 여자의 노스탤지어와 사실에 관한 갈증을 달래기 위해 모든 정보를 망라할 의무라도 가진 것처럼 말이다. 엄마가 죽은 직후에도 구글에서 엄마를 검색해보았다. 옷장에 있는 옷, 신발, 책, 화장품, 유리잔에 넣어둔 칫솔 외에 엄마가 남긴 것은 무엇일까? 실제로 남아 있는 정보는 거의 없었다. 의과대학 홈페이지에 있는 엄마의 이름, 하엔에서 했던 강연회 포스터, 소아과 의사로 임명되었음을 알리는 관보官報, 그리고 코르도바 전근을 알리는 또 다른 관보 정도였다.

아펩 오테인은 새로운 오디오 파일을 올렸다. 여자가 보는 앞에서 아빠와 엄마가 벌인 격렬한 언쟁이 담겨 있다. 여자는 그 파일을 다시 끝까지 들었다. 엄마가 "나쁜 놈, 이 손 치우지 못해!" 하고 고함을 지르더니 문이 쾅 닫히는 소리가 들렸다. 그러고는 다시 쿵 하는 소리와 함께 날카로운 비명이 났다. 아빠는 딸을 방에 가둬버렸다. 여자는 어린 시절 다른 방에 갇힌 자신이 우는 소리를 들었다. 어둠 속에서.

사람을 싫어하고 미워하는 데 능한 엄마와 반대로 아빠는 선량하고 공정할 뿐 아니라 성품이 차분한 사람이었다. 여자는 그날의 싸움을 극히 이례적인 일로 기억하고 있었다. 비명을 지르는 어린 시절 자기 목소리를 듣자 등골이 오싹해졌다. 여자는 아펩 오테인이 생전의 엄마처럼 결코 충족할 수 없는 불확실한 무언가를 얻기 위해 자기 발로 고통스러운 곳을 찾아간다고 속으로 중얼거렸다. 문득 엄마가 가엾다는 생각이 들었다. 그 후 며칠 동안, 가볍고 행복하고 놀라울 정도로 달콤한 일상을 담은 사진이 담벼락에 올라와 괴롭던 마음도 다소 진정되었다. 그 사진을 보면서 여자는 엄마가 페이스북 계정을 통해 딸의 기억을 완전히 무용지물로 만들려 한다는 생각을 할 수밖에 없었다. 그렇게 되면 여자에게 페파 니에토가 등장하는 기억만 남으면서, 딸의 과거는 엄마의 기억으로 채워짐과 동시에 엄마가 없는 모든 경험은 철저하게 제외될 테니까. 마치 여자의 엄마가 증인이자 멘토였던 삶 외에는 아무것도 존재하지 않던 것처럼 말이다.

거기까지 생각이 미치자, 여자는 머릿속이 극도로 혼란해져서 아펩 오테인을 영원히 잊기로 마음먹었다. 여자는 삼 주 동안 뜻한 대로 살았지만 결국 굴복하고 말았다. 다시 그 이름 위로 커서를 올려놓자 손이 흥분을 이기지 못해 파르르 떨렸다. 그사이 새로 올라온 게시물은 없었다. 여자는 죽은 엄마의 사진을 클릭했다. 수의에 싸인 얼굴, 짙은 빛깔의 나무 관, 그리고 화관花冠.

유령이 나올 것처럼 을씨년스러운 담벼락을 방문하지 않은 동안 여자는 불안한 그리움을 느꼈다. 어수선하게 뒤섞인 사진, 영상, 오디오 파일 때문에 심란했다. 하지만 해마에 묻힌 엄마에 관한 새로운 기억, 그러니까 어린 시절이나 사춘기에 자신이 엄마와 함께 어떻게 하루하루를 보냈는지 알고 싶었다. 여자는 자신의 마음을 알아채고 화들짝 놀랐다. 쓴맛이 나는 오렌지 마멀레이드를 빵에 바르고, 빨간 발레 슈즈를 세탁하고, 여자를 버스 정류장까지 데려다주는 엄마. 온 가족이 함께 모여 있고, 엄마의 노랫소리가 수다 떠는 소리를 압도하던 봄날, 풋풋하게만 들리던 옛날 말투. 게시물을 하나하나 볼 때마다 서랍에서 무척 소중하지만 잃어버린, 만지면 아직도 살아 움직이는 듯한 물건을 발견하는 느낌이 들었다.

프로필 방문을 스스로 금지한 동안 여자는 강한 그리움을 느꼈다. 그 감정은 어린 시절 학교가 끝난 뒤, 엄마가 너무 보고 싶은 나머지 허겁지겁 계단을 뛰어 올라갈 때 솟구치던 간절한 마음과 같았다. 하지만 엄마는 언제나 문을 굳게 닫고 화장실에 틀어박혀 있었다. 그럴 때마다 여자는 겁이 덜컥 났다. 여자는 엄마가 문을 열어주지 않으리라는 사실을 알면서도 "엄마! 엄마! 엄마!"라고 목청껏 외쳤다. 아펩 오테인을 금지한 것은 굳게 닫힌 문 앞에 서 있는 것이나 마찬가지였다. 여자는 다시 저주받은 계정으로 돌아가 담벼락을 클릭했다. 여자는 잠시 머뭇거리며 글을 쓰려 시도하다가 돌연 소리를 질렀다.

"엄마!"

침묵이 이어지고 마음속에서 감정의 파도가 일었다. 엄마의 빈자리를 느끼며 서럽게 울면서도, 화면에서 잠시도 눈을 떼지 않은 채 엄마가 다시 나타나기를 애타게 기다렸다. 이윽고 혼란에서 벗어났지만 페이지에 흐르는 침묵은 여자에게 증오와 공포를 불러일으켰다.

그 후 몇 주 동안, 단 한 건도 게시물이 올라오지 않았다. 마치 맡은 역할을 다했다는 듯 말이다. 그러던 어느 저녁, 수기 형식으로 된 장문의 글이 올라왔다. 엄마가 첫 수술을 받은 뒤 스페인 암 협회 주최 수기 공모전에 내기 위해 쓴 글이었다. 여자는 도마뱀 모양의 은제 문진文鎭, 그리고 증조할머니의 다이아몬드 반지와 브로치와 함께 그 원고를 보관하고 있었다. 외할머니가 가지고 있던 귀중품 중 이모들에게 나눠주지 않은 유일한 물건이었다. 여자는 이야기를 읽어 내려갔다. 자신의 곤혹스러운 심경이 이내 엄마의 혼미한 정신과 뒤섞이는 듯한 느낌이 들었다.

대체 내게 무슨 일이 일어났는지, 내가 왜 거기에 있는지 알 수 없었다. 눈에 보이는 거라고는 튜브뿐이었다.

가장 먼저 누군가의 목소리가 들렸다. 남자였을까, 아니면 여자였을까. 내게 두 다리를 움직이고 들어보라고 했다. 오른쪽 다리는 도저히 들 수 없었다. 이유를 알아내기 위해 시트 아래로 조심스럽게 손을 집어넣었다. 붕대가 만져졌는데, 손으로 더듬어보니 복부까지 이어져 있었다. 왼쪽 다리에는 아무것도 없었다. 내 몸이 정말로 마비되었다면 왜 그런 차이가 생겼는지 이유를 어렴풋이 짐작해보았다. 수술을 받았겠지만 아무것도 기억나지 않았다. 시간이 얼마나 흘렀는지도 모른다. 나는 틈나는 대로 오른쪽 다리를 움직이려고 했다. 그러던 어느 날, 붕대가 사라진 것을 알아차렸다.

곁눈질로 간신히 주변을 살폈다. 여전히 침대에 누운 채 꼼짝도 할 수 없었다. 몸이 수많은 기계에 연결된 모습을 보니 조만간 죽을 것이 분명했다. 그때는 그것이 최선이라고 생각했다. 굳이 그렇게 고생하면서 버틸 필요가 없다고 생각했다. 지나온 인생을 되돌아보자 묘한 기분에 휩싸였다. 인생이라기보다 모든 것이 꿈처럼 느껴졌다. 진통제 덕분인지 마음이 한결 편안했다. 물론 또렷하게 생각하기는 어려웠지만, 병실에는 나보다 더 심각한 환자가 많았다. 나와 가까운 곳에 있는 환자는 종일 마른기침을 쿨럭거리며 가쁜 숨을 몰아쉬었다. 그날 밤, 아니면 다음 날 밤에(그 무렵 시간 감각이 아예 없어져서 정확히 언제였는지는 모른다. 병실 불빛이 희미했고, 밖도 어두워서 밤이라 추측했을 뿐. 사람들이 드나드는 소리도 없었다) 환자 한 명이 더 들어왔는데, 그 사람은 소변이 나오지 않아 오자마자 고통스러운 비명을 질렀다. 옆에서 보는 사람도 고통이 느껴질 정도로 괴로워했다. 의료진이 그에게 온갖 종류의 약을 투여했지만 몇 분 동안만 잠잠해질 뿐이었다.

이 모든 일을 전혀 신경 쓰지 않는 내가 놀라울 따름이었다. 오히려 또 무슨 일이 벌어질지 궁금했다.

어느 날 아침, 나는 어느 환자의 병상 옆에 서 있는 두 여자를 보았다. 보아하니 환자가 죽어가는 모양이었다. 하지만 내 관심을 끈 것은 환자의 상태가 아니라, 두 사람이 내게서 눈을 떼지 않았다는 사실이었다. 그들은 자리에 있는 내내 나를 빤히 바라보았다. 정말이지 눈알이 튀어나올 정도로 샅샅이 살펴보았다. 내가 누구인지 알아맞히려고 안간힘을 쓰는 듯했지만, 내 몸에 연결된 수많은 장치 때문에 포기한 눈치였다.

하루 동안에도 병실은 다양한 색조로 물들었다. 인공조명

212

에만 의존하는 저녁과 달리, 아침에는 유리구슬처럼 영롱한 할로겐램프와 창문으로 들어온 아름다운 햇살이 방을 환하게 비추었다. 병실 조명 일부는 사각형 등이었고, 나머지는 작은 크기의 순백색 LED 램프였다. 요즘에는 어디에서나 흔히 볼 수 있지만, 비상 상황이 발생하면 자동으로 모든 등이 켜지게 설정되어 있었다. 밤에는 환자들이 평온한 분위기에서 수면을 취할 수 있도록 일부러 어둡게 해놓았다.

나는 색깔에 집착했다. 병원에서 가장 흔히 볼 수 있는 색깔은 하얀색과 초록색이었다. 특히 간호사와 간호조무사가 입는 제복은 사과 빛이 도는 초록색이었다. 파란색 제복, 오래 착용하면 회색으로 변하는 마스크도 있었다. 심지어 기계 소음에도 색깔이 있었다. 때때로 기계들이 갑자기 돌아가면서 나를 놀랬다.

내 기분은 쉽게 동요했다. 아직 내게 무슨 일이 일어났는지 몰랐다. 병원에 입원한 지 얼마나 지났을까. 가끔 울고 싶었지만 그럴 수도 없었다. 평소에 나는 울보였지만, 일 년 넘게 눈물 한 방울 흘리지 못했다.

어느 날, 어느 남자 간호사가 내게 처음 보는 기구를 건넸다. 숨을 내쉬고 들이마실 수 있는 마우스피스, 그리고 작은 칸

막이에 작은 공 세 개가 들어 있는 투명 용기였다. 그는 작은 공이 위로 뜨도록 숨을 힘껏 내쉬라고 했다. 나는 그러지 않았다. 그 사이에 숨을 세게 내뱉는 법을 잊어버렸다. 간호사가 대체 무엇을 하는 건지 이해할 수도 없었다.

어느 새벽, 입에 물고 있는 튜브에서 거무스름한 액체가 흘러나오는 광경을 보았다. 깜짝 놀라 손짓으로 사람을 불렀다. 그때 어떤 설명을 들었지만 전혀 기억나지 않는다.

딸아이가 찾아와 소리치는 모습을 봤을 때, 내 생애 가장 아름다운 기분을 느꼈다. "엄마, 이제 다 떼어냈대요!" 아이의 얼굴은 행복과 희망으로 환히 빛났고 눈에는 기쁨이 넘쳐흘렀다. 아직 병상에 누워 있었지만, 내가 조만간 그곳을 떠나게 되리라는 사실을 그때 깨달았다.

잇몸

Encía

7월이었다. 젤라또 가게를 나설 때 아이스크림은 이미 녹아 흘러내리고 있었다. 우리는 의식이나 종교 행사를 치르듯 벌써 몇 달째 그곳을 찾았다. 간간이 불어오는 실낱같은 바람에 더위가 다소 누그러지는 해 질 녘까지 버티는 것이 목표였다. 나는 더위에 지칠 대로 지쳤고, 이스마엘은 하트 모양 얼음을 티셔츠에 돌돌 말아 뺨에 대고 있었다. 그 얼음 트레이는 결혼 전 파티 때 받은 선물이었다. 나와 이스마엘은 아직도 결혼하지 않았기 때문에 어디까지나 명목상으로만 개최한 파티였다. 파티를 열기 직전,

우리는 무엇보다 더는 결혼에 관해 언급하지 않기 위해 결혼한 것처럼 행세하기로 했다. 그는 결혼을 원하지 않은 반면, 나는 원했다. 그래서 나는 그의 본심을 알아내기 위해 표정이나 행동으로 내 의도를 숨겨야 했다. 성당에서 결혼식을 올리거나 법원에 들르지 않고도 세 아이를 자랑스럽게 기른 부부와는 반대로 행동하는 것도 좋을 것 같았다. 다시 말해, 나는 그 부부에게 나의 가짜 결혼식 사진을 보여주려고 했다. 이스마엘, 우리 가짜 사진이라도 몇 장 찍어두는 게 어때? 애당초 농담 삼아 던진 말이었다. 크리스마스카드를 만들 때 침대 시트를 뒤집어쓰고 알루미늄 포일로 후광을 만들어 요셉과 마리아로 분장한 사진을 찍은 것처럼 말이다. 우리 강아지 로페스가 아기 예수 역할을 맡았는데, 녀석은 사촌 마이테의 졸업 선물로 산 솔 사이로 주둥이를 내밀고 있었다. 다행히 솔은 지푸라기 색깔이었다. 사진에서 로페스만 오려내면, 개가 고개를 내밀고 있는 프란시스코 고야의 그림과 아주 비슷해 보였다. 원래 동물은 놀리면 안 되는 법인데, 사진을 찍고 나니 로페스에게 미안한 생각이 들었다. 당신과 내가 요셉과 마리아로 분장한 게 그렇게 우스꽝스러웠어? 친구들이 사진을 보고 그렇게 무안한 미소를 지었어? 나는 그렇게 생각하지 않았지만 누가 장담할 수 있겠는가. 아무튼 나는 가짜 결혼식을 통해 문을 열고 낯선 방으로 들어갈 수 있기를 바랐다. 모든 것을 완전히 뒤엎을 무언가가 나타나 아기 대신 까마귀를 낳을 수 있기를 간절히 원했다. 그렇게 함으로써 불운을 막을 수 있다고 확신했다. 그 기분을 어떻게 설명할 길이 없었다. 그렇다고 만사를 제쳐두고 그 감정만을 분석하지도 않았다. 나는 2월이 되어 휴가를 떠날 날만 간절히 기다렸다. 그해에는 어찌어찌 가능할 듯 싶었다. 그때쯤이면 이스마엘의 대학교도 시험 기간이 끝났을 테고, 나는 중등학교 임시 교사 대기자 명단에 올라 있긴 했지만 벌레가 갉아 먹은 양 예산이 삭감된 탓에 아무 연락도 받지 못했기 때문이었다. 당장 일자리가 없다고 해도 문제될 건 전혀 없었다. 나는 영화계에 몸을 담고 있는 데다 얼마전 ONCE 복권*에도 당첨되었다. 덕분에 이스마엘 혼자 아파트 임대료를 내게 하지 않아도 한 해 정도는 여유 있게 지낼 수 있을 듯했다.

---

*   스페인 국립 시각장애인 협회Organización Nacional de Ciegos Españoles에서 발행하는 자선 복권.

나와 가장 친한 친구인 베아트리스는 로블레돈도에
별장이 있는데, 거기서 가짜 결혼식을 해도 좋다고 했다.
지난번에 가짜 결혼 전 파티를 열었을 때 나는 꿀벌 마야
더듬이 머리띠도, 남자 성기 모양 머리띠도 쓰지 않았다.
다만 정장과 웨딩드레스를 입은 이스마엘과 내 사진을 티
셔츠에 인쇄해서 입었을 뿐이다. 우리는 포토샵으로 만든
몽타주 영상을 보면서 루에다 화이트와인으로 축배를 들
었다. 나는 핀볼 공처럼 생겨 어떤 네크라인에도 잘 맞는
우리의 머리를 가상의 혼례복에 갖다 붙이면서 시연을 했
다. 가짜 결혼식을 준비하며 나는 마지막 순간에 우리의
휴가 장소를 바꾸었다. 원래는 런던에 있는 친구의 집에
갈 계획이었지만 인터넷으로 항공권을 사기 직전, 신문에
서 란사로테 섬 20박 특가 여행 상품 광고를 보았다. 홀린
듯이 여행사로 달려가 예약을 했다. 그날 저녁, 나는 이스
마엘 앞에 섬 지도를 펼쳐놓았다. 새 둥지처럼 생긴 화산
분화구와 드문드문 흩어져 있는 마을 등 거의 모든 지역이
검은색으로 표시되어 있었다. 지도를 본 순간 이스마엘은
저 멀리서 먹이를 발견한 사냥꾼처럼 긴장했다. 내 결정
이 마땅치 않아서라기보다, 오래전부터 란사로테 섬에 가

고 싶었지만, 온통 거무스름한 색만 보이니 지도에서 섬을 무슨 색깔로 구분한 것인지 모르겠다고 했다. 우리는 스탠드를 켜고 천장 등의 스위치도 올렸지만, 분명하게 알 수가 없었다. 그렇다고 인터넷에서 찾아보려고 하지도 않았다. 차라리 여행사에서 받은 지도의 불확실성 속에서 사는 편이 나을 듯했다. 그런 까닭인지 이스마엘은 섬이 무척추동물처럼 보인다고 했다. 한가로이 지도나 보고 있을 때도 아니었다. 냉장고에는 엄청나게 많은 토르티야, 소시지, 타불레* 몇 접시가 들어 있었다. 생선 장수가 일러준 대로 냉동실에서 해산물을 꺼내고, 특히 왕새우는 밤새 해동해야 했다. 가짜 결혼식 테이블을 차리려면 로블레돈도에 일찍 가야 했다. 나는 결혼식이 왠지 남의 일처럼 여겨졌는데, 이스마엘도 마찬가지인 것 같았다. 바로 앞에 있는 옷걸이에는 우리가 입을 의상이 걸려 있었다. 로페스는 꼬리를 살랑살랑 흔들며 냄새를 맡았다. 우리는 잊어버리고 그냥 갈까 봐 옷을 옷장에 넣지 않기로 했다. 나는 가짜 결혼식에 마음이 가지는 않았지만, 이스마엘에게 우리가 진짜

---

* 양파, 파슬리, 토마토, 민트 등을 잘게 다져 섞은 샐러드.

로 결혼할 수도 있었을 거라고 말했다. 그러자 그는 그렇다면 우리 친구들이 장난인 줄 알고 진짜 결혼식에 오는 셈이라고 맞받아쳤다. 갑자기 가짜 결혼식이 내 의도와 전혀 동떨어진 허튼수작으로 보였다. 솔직히 말해 나는 가짜 결혼식을 핑계 삼아 오랫동안 가슴에 품고 있던 꿈, 즉 섬에 가서 모래사장에 앉아 바다를 바라보는 것을 이루려고 했을 뿐이었다. 다시 지도를 살펴보니, 이번에는 섬이 거머리처럼 보였다. 섬을 무척추동물에 비교한 이스마엘 말이 옳았다. 그 순간, 내 몸이 뼈에서 벗어나 평온한 고대의 생명체로 변한 듯한 느낌이 들었다.

우리는 아침 7시에 일어나 로페스를 부모님 댁에 맡겨놓고 청바지 차림으로 로블레돈도를 향해 출발했다. 예복은 뒷좌석 창문 손잡이에 걸고 트렁크에는 음식을 한가득 실었다. 지난밤에 거의 잠을 못 잔 터라, 나는 가는 내내 꾸벅꾸벅 졸았다. 도착하자 베아트리스는 환영의 뜻으로 커피를 내주었다. 오전 10시, 우리는 해가 회백색의 구름을 불그스레하게 물들이기를 바라면서 정원에 모였다. 예보에 따르면 날이 그리 춥지는 않을 거라고 했다. 산속인데도 겨울 날씨치고 따뜻했다. 게다가 추위를 타는 이를 위해 실내에 테이블이 비치되어 있었다. 11시쯤 뜨거운 햇볕이 내리쬐기 시작하자 우리는 말없이 예복으로 갈아입었다. 거울을 보는 순간 불현듯 미용실에 가서 머리를 손질해야겠다는 생각이 들었는데, 나는 태어나서 단 한 번도 미용실에 가본 적이 없었다. 하는 수 없이 베아트리스에게 머리를 좀 매만져달라고 부탁했다.

"어떻게 해줄까?" 베아트리스가 말했다.

"알아서 해줘. 머리를 빗고 나서 화장도 좀 해주면 좋겠는데."

친구 손에 머리를 맡기고 지그시 눈을 감았다. 식은 빠르게 진행되었고, 태양은 우리가 초대 손님과 리베이로 와인 사이에서 시간을 보낼 동안 골고루 온기를 나누어주었다. 그때 정원 한구석을 힐끗 보다가, 네 발로 서서 풀을 뜯어 먹던 이스마엘과 눈이 마주친 기억이 난다. 나는 슬그머니 화장실에 가서 나를 히스테릭하게 흥분시킨 커피와 술을 모조리 토해냈다. 알코올은 허무하고 무상하다는 생각까지 없애주지는 못했다. 그 자리에서 이스마엘과 내가 하던 몸짓은 몸에서 딱지를 떼어내는 행위 같았다. 술에 취한 나는 우리 자신이 딱지나 다름없는 존재라고 결론 내렸다. 지금에 와서는 술에 취해 가만히 서 있을 때마다 잠깐씩 추위에 몸을 바들바들 떨었다고 이야기하지만, 그때 우리는 꽤 즐거운 시간을 보냈다. 나는 베아트리스가 만져준 수수한 스타일의 머리에 1920년대에 유행하던 복고풍 베이지색 드레스를 입고, 이스마엘은 슈트 차림에 나비넥타이를 매고 있었다. 부모님께 아무 말씀 안 드렸어? 나는 그에게 물었다. 이미 그가 자기 부모님에게 아무 말도 하지 않았다는 사실은 알았다. 나도 이스마엘과 함께 여행을 떠난다는 것 외에 우리 부모님에게 아무 말도 하지 않았으니까. 하지만 이따금 고아나 다름없는 우리 처지를 떠올릴 때면 가슴이 아렸다. 앞으로 태어날지도 모르는 아이들이 보지 못하도록 가짜 결혼식 사진을 옷장 깊숙이 숨겨놓아야 할 것 같았다. 아이들이 의젓하게 자라나면 사진을 밖에 꺼내놓겠지만, 그럴 리는 없었다. 피로연은 밤새도록 계속되었다. 다음 날 점심시간에 우리는 처참한 몰골로 란사로테 섬을 향해 출발했다. 여행 가방에 무엇을 넣었는지 전혀 기억나지 않았다. 그건 이스마엘도 마찬가지였다. 어찌나 피곤에 찌들었는지 잠도 오지 않았다. 비행기가 섬에 가까이 다가갈 때, 우리는(나는 이스마엘의 무릎에 앉아 있었다) 창문에 얼굴을 바싹 대고 검은색 실루엣을 알아보려 안간힘을 썼다. 그때 눈에 보인 풍경은 쪽빛 바다뿐이었다. 푸른 연무가 대기를 뒤덮을 만큼 솟아올라 있었다. 비행기가 하강하면서 해안선이 정확하게 보일 때까지 화산은커녕 아무것도 알아볼 수 없었다. 기체가 심하게 흔들리는 것을 보니 바람이 많이 부는 모양이었다. 그러고는 잠시, 비행기가 새처럼 공중에 고요히 정지해 있는 듯한 느낌이 들었지만 그건 그저 느낌이었다. 잠시 후 비행기는 다시 아래로 내려갔다. 이제는 황량한 표면을 뒤덮은 타르와 그 위로 그어진 유도선만 보였다.

  첫 나흘 동안은 케마다 해변과 티만파야 국립공원을 화산암 자갈을 피해 맨발로 걸어 다니며 보냈다. 그 무렵 우리의 가짜 결혼은 점점 의미를 갖게 되었다. 물론 어떤 종류의 의미인지 딱 꼬집어 말할 수는 없지만, 내게 확신을 갖게 해주었다. 화성 같은 빛깔의 부드럽게 솟아오른 언덕을 제외하고 주변에 아무것도 없는 해변에 앉아 있는 동안, 시간이 우리 위로 녹아 흘러내렸다. 빨간색과 검은색, 그리고 더는 컴퓨터 앞에 붙어 있지 않기로 굳게 마음먹은 나. 사막이 펼쳐진 그 세상에 있을 수만 있다면 그 어떤 가상세계도 필요하지 않았다. 매일 아침, 나는 차가운 대서양 물속에 들어가기 위해, 그리고 솔직히 말해 잠시만이라도 혼자 있고 싶어서 이스마엘보다 먼저 일어났다. 그러고 나면 마을에 있는 바에 가서 아침을 먹었다. 일반적으로 그런 곳을 마을이라고 부르지 않지만, 아무튼 케마다 해변은 그렇게 불렸다. 그 외에 우리가 입 밖에 내지 않은 일도 많이 있었다. 우리는 몇 시간 동안 아무 생각도 하지 않은 채, 단순하고 유치한 말만 하면서 보냈다. "바다에 갔다 올게." 그리고 물속에서는 이렇게 말했다. "아무도 나를 여기서 끌어내지 못할걸." 이스마엘은 뇌에 관한 책을 읽고 있었다. 밤에 우리는 자연과 접촉할 때 우리의 몸에서 나타나는 원형적 반응에 관해 이야기를 나누었다. 만약 우리가 저 깊은 바닷속 계곡에 들어가 의식적으로 충분히 오랜 시간을 보낸다면, 몸에서 아가미가 생길 것이라는 등의 이야기였다.

이스마엘은 나만큼이나 느긋한 마음으로 휴식을 즐겼다. 우리 피부도 햇볕에 보기 싫지 않을 정도로 그을었다. 그러던 어느 날 밤, 이스마엘의 통증이 다시 시작되었다. 일 년 전에도 그는 통증으로 인해 강의를 중단하고 잇몸 일부를 잘라내는 수술을 받아야 했다. 그때 그의 입 전체가 감염되었다. 치과 의사가 구강점막 일부를 떼어내는 동안, 이스마엘은 열이 오르면서 온몸을 부들부들 떨었다. 그가 통증을 못 이겨 밤새 끙끙거렸는데도 나는 아랑곳하지 않고 해수욕을 즐기기 위해 매일 아침 일찍 일어났다. 나는 눈을 뜨기가 무섭게 침대에서 벌떡 일어나 서둘러 비키니로 갈아입고 조용히 방을 나섰다. 그렇지 않으면 종일 의사와 약국을 찾아다니거나 그냥 기다릴 게 뻔했기 때문에, 평소보다 물속에서 더 오랜 시간을 보냈다. 나는 파도 속에서 반짝거리는 노란 물고기를 보고 화들짝 놀랐다. 몇 초 동안 꼼짝도 할 수 없었다. 애당초 눈으로 보고도 믿지 못한 데다, 분노와 증오로 온몸이 마비되었다. 그날 나는 아침을 먹으러 가서 토스트 대신 에스카베체 소스*를 곁들인 안초비를 주문했다. 그러자 주문을 받던 남자가 에스카베체 소스를 곁들인 안초비는 가게의 주메뉴가 아니라서 삿갓조개 요리를 대신 만들어주겠다고 했다. 나는 얼굴을 붉히며 그냥 올리브유로 구운 토스트와 주스, 커피를 달라

---

*   올리브유, 와인, 식초, 월계수 잎 등을 넣어 만든 소스.

고 했다. 방으로 돌아와 문을 열자 예상한 대로였다. 세수도 하지 않고 거울 앞에 서 있는 이스마엘, 관자놀이를 타고 흘러내리는 굵은 땀방울, 통증으로 인해 얼굴, 아니 온몸에 깊게 팬 주름. 화장실에서 새어 나온 불빛이 수직으로 퍼지면서 그의 살갗에 빛과 그림자를 드리웠다. 그 때문에 이스마엘은 도마뱀처럼 보였다. 나는 차가운 눈빛으로 그를 바라보았다. 그는 자기 새 옷에 정신이 팔려 있었다. 물어보지는 않았지만, 그는 내가 평소보다 한 시간 늦게 도착했음을 알아차리지 못했다. 그는 겁에 질리고 넋 나간 사람처럼 멍한 눈빛을 하고 있었다.

　　우리는 간신히 섬의 수도인 아레시페에 있는 치과를 예약했다. 이스마엘은 여전히 열이 났지만, 대기실에서 떠는 모습을 보이지 않으려고 안간힘을 썼다. 치과 의사는 잇몸을 절개하면 더는 휴가를 즐길 수 없을 거라고 경고했다. 그럴 바에는 차라리 항생제나 먹고 마드리드로 돌아가서 수술을 받는 편이 나을 것 같았다. 이스마엘은 아직 휴가가 여러 날 남아 있었다. 하루나 이틀 더 쓴다고 크게 문제될 건 없었다. "가장 곤란한 점은 입 냄새야. 그렇지만 며칠 키스 안 한다고 무슨 큰일이 나는 것도 아니니까." 그

가 병원을 나서면서 말했다. 마치 여태까지 아침마다 입
냄새가 전혀 나지 않던 것처럼 뻔뻔스럽게 말했지만, 나는
아무 대답이라도 해야겠다는 생각에 고개를 끄덕거렸다.
어쩌면 그를 가장 당혹시킨 일은 우리 몸의 조화를 깨뜨리
는 행동이었는지 모른다. 자갈밭에서 뒹굴고 섹스하며 청
춘의 절정을 맞은 열여덟 살처럼 굴었지만, 나는 서른을
훨씬 넘었고 그는 마흔이었다. 항생제 덕분에 열은 조금
내렸지만 아직 가볍게 조깅을 할 정도도 아니었다. 그 후
로 며칠 동안 그는 아침에 일부러 쾌활한 척했다. 이스마
엘은 해변에 뇌과학 책이 아니라 박사과정 학생들의 논문
을 저장해놓은 전자책 리더기를 가져갔다. 그는 신문도 샀
는데, 논문에 무언가 메모하는 틈틈이 애독자라도 되는 듯
이 신문을 힐끔힐끔 보았다. 신문은 왠지 그의 긴장을 풀
고 마음을 차분하게 가라앉히는 것 같았다. 사실 이스마엘
이 무언가 메모하거나 어떤 문제를 권위적 태도로 언급할
필요 없이, 칼럼과 각종 기사를 여유 있게 읽으며 오전을
보내는 것은 일요일과 휴가 때뿐이었다. 그때마다 그는 먼
저 코르타도 커피를, 그러고 나서 맥주를 마셨다. 두 시간
쯤 지난 뒤 일요일판 특별 부록을 읽을 때면 화창한 날에

는 코멘다도라스 광장에서, 추운 겨울에는 르 팽 코티디앵 제과점에 가서 아메리카노(그는 커다란 컵에 든 커피에 버터 빵을 적셔 먹기를 좋아했다)를 주문했다. 주중에 이스마엘은 의무적으로 책을 읽었다. 대학이 서서히 붕괴중인 상황에서 그는 아직 부교수에 머물고 있었다. 정교수 자리를 얻으려면 앞으로 몇 년은 불안하게 기다려야 하는 처지였기에 그렇게 할 수밖에 없었다. 사정이 이렇다 보니 그의 표정은 늘 어두웠다. 나도 박사학위를 가지고 있었지만, 너무 늦기 전에 대학을 떠나기로 마음먹었다. 그래서 나는 영화계에 첫발을 내디뎠고, 세비야 국제영화제에 단편영화를 출품해 '새로운 물결' 부문을 수상했다. 수상 소식을 듣고도 별로 기뻐하지 않던 이스마엘은 어느 날 밤 내 단편영화가 마음에 들지 않는다고 털어놓았다. 아무튼, 그는 입 상태로 인해 벌을 받아야 하는 것처럼 원래 휴가를 마친 다음 읽기로 했던 논문을 살펴보기 시작했다. 나는 그의 타월과 비치파라솔, 어린아이 같은 그의 모습 주위를 맴돌았다. 주위를 맴돌았다고는 했지만 사실은 논문으로 가득 찬 그의 전자책 리더기가 보기 싫어서 물속으로 달아난 것인지도 모른다. 나는 논문이 거기 있는 게 싫었다. 하지만 이스마엘이 나와 함께 파도로 뛰어들어 병든 사람처럼 수 킬로미터 너머의 빛과 안개를 멍하니 바라보는 모습을 보고 싶지 않았기에, 차라리 논문이 고맙게 느껴지기도 했다. 우리는 주변을 돌아다닐 생각으로 차를 렌트해뒀는데, 나는 소화에 도움이 안 되는 낮잠이나 자면서 남은 시간을 보내려고 그 계획을 포기할 생각이 전혀 없었다. 그렇다고 몸 상태가 좋지 않은 이스마엘을 억지로 끌고 갈 수도 없었다. 차라리 몇 시간 푹 쉬라고 내버려두는 쪽이 좋을 듯 싶었다. 그의 잇몸이 말썽을 일으킨 지 사흘째 되던 날 오후, 나는 혼자 티만파야 국립공원에 가려고 차의 시동을 걸었다. 그 순간, 그의 빈자리가 조금 아쉽게 느껴졌다. 다음 날에는 그냥 이스마엘 곁에서 그가 구강소독제를 뚜껑에 부어 입에 털어넣고 머리를 흔들며 헹군 다음(그런데도 여전히 냄새는 가시지 않았다) 손으로 상처 부위를 만지는 모습을 보고 싶었다. 내가 가까이 다가가기만 해도 그는 신경이 날카로워졌다. 사실 잇몸에서 썩어가는 음식의 악취에 비하면 아침의 입 냄새는 아무것도 아니었다. 항생제를 지속적으로 복용해도 구강점막은 회복되지 않았다. 그 사이 농양은 더 커져서 어금니 가리개처럼 보였다. 이스마엘

잇몸

은 면봉을 소독약에 적셔 잇몸에 낀 음식을 부지런히 빼냈지만, 그래도 남아서 썩어가는 찌꺼기가 그 주변에 보였다. 음식 찌꺼기를 깨끗하게 없애지 못한 탓에 상처 난 곳은 여전히 벌겋게 부어올라 있었다. 치과 의사는 그에게 면봉으로 후벼 파지만 않아도 적어도 잇몸 궤양만큼은 호전될 거라고 장담했다. 하지만 그는 계속 상처를 후볐고, 악취는 점점 심해졌다. 티만파야 국립공원을 향해 달리는 동안, 나는 신경증적 증세를 보이는 그를 상상했다. 이스마엘은 내가 나간 지 몇 시간이 됐는지도 모를 테다. 그럴 시간에 구강소독제로 입을 헹구고, 해결책보다는 불길한 소식이나 망가진 잇몸과 농양에 관한 기사를 찾느라 정신없을 테니까. 그런데 왜 잇몸이 부어오르는 걸까? 의사만이 설득력 있게 증명할 수 있는 기이한 현상이 아닐까?

우리는 저녁을 먹으러 아레시페로 갔다. 이스마엘은 언제나 삿갓조개 요리를 주문했다. 삿갓조개는 늘 검은색 프라이팬에 담겨 나왔는데, 마치 페르시아나를 내려 어두워진 방에서 희미하게 빛나는 눈동자처럼 보였다. 나는 생명의 흔적을 찾기 바라는 것처럼 이전에 한 번도 먹어보지 못한 그 연체동물을 맛보았다. 내가 삿갓조개를 이 사이에 물고 꾸물거리자 그는 절정에 달한 식욕을 간신히 숨겼다. 마침내 꿀꺽 삼키고 나니 그제야 그도 미친 듯이 식사를 시작했다. 나 역시 싱싱한 도미를 집어 게걸스레 먹었고, 접시를 깨끗이 비울 때까지 서로를 한 번도 보지 않았다. 그런 순간에 우리는 서로를 견디지 못했다. 하지만 와인 한 병을 다 비우고(이스마엘은 항생제를 복용하는 동안 술을 마시면 안 된다는 의사의 지시를 무시했다), 산책 도중 들어간 바에서 진토닉을 마시거나 호텔에서 어둠에 잠긴 모래사장을 바라보며 술을 마시고 나면 우리 사이의 긴장감은 감쪽같이 사라졌다. 구글 위성사진을 확인해본 결과, 케마다 해변에는 아흔아홉 채의 집이 있었다. 나는 거리가 텅 빈 고속도로처럼 황량하게 보이는 밤에 그 마을을 돌아다니고 싶었다. 이스마엘이 혼자 테라스에 남아 진토닉을 마시며 악취 풍기는 상처에 관해 생각한다고 해도 거리낄 게 없었다. 그와 함께 있으면 마음이 불편했다. 그의 마음을 제대로 헤아리지 못한다는 죄책감에 사로잡힐 때마다, 나는 그에게 가짜로라도 결혼을 해서 행복하다고 말했다. 그렇다고 거짓말을 한 것은 아니다. 나는 그에게 거짓말을 한 적이 없다. 그러던 어느 날 밤, 그가 어두운 테라스에 앉아 진토닉을 젓고 있을 때였다. 문득 호텔에 멍하니 있는 대신 거리로 나간다고 해도 달라질 게 없으리라는 생각이 들었다. 그래서 나는 문소리가 나지 않게 조심해서 밖으로 나갔다. 그는 내가 방에서 이메일을 확인하고 있다고 생각할 테니까 말이다. 하지만 막상 나오자 멀리 갈 수가 없었다. 이기적인 이유로 나는 걸음을 멈추었다. 계속 게으름을 피우고 살려면 무엇보다 이스마엘과 싸우지 않아야 했다. 나는 다시 방으로 돌아갔다. 그는 침대에 누운 채 나를 힐끗 보기만 했다.

"나간다는 소리는 못 들은 것 같은데."

"그거야 당신한테 아무 말도 안 했으니까."

다음 날, 그가 눈치채기 전에 차에 탔다. 썩어가는 음식 찌꺼기 위로 잇몸이 잔뜩 부어올랐지만, 그는 아침식사로 뷔페에 나온 온갖 종류의 소시지와 토스트를, 점심식사로 갈릭소스를 곁들인 감자와 삿갓조개를 먹어치웠다. 나는 반도에서 그토록 하찮게 여기는 연체동물의 질긴 살을 질근질근 씹어 먹는 그의 모습을 지켜보면서 거머리를 떠올렸다. 날것일 때 그 연체동물은 궤양이 생긴 이스마엘의 잇몸처럼 보였다. 나는 맨발로 산책하려고 티만파야 국립

공원에 갔다. 오후 시간대에는 관광객이 거의 없었다. 나는 화산 분화구의 기슭에 앉아, 차(경찰 단속에 걸릴까 봐 일부러 모래사장에 주차하지 않았다)에서 시선을 떼지 않고 한 시간을 걸었다. 사실 그때까지 경찰관은 단 한 명도 보지 못했다. 그곳에서는 도시의 논리도, 시골의 논리도 소용이 없었다. 나는 마음속 두려움을 어찌해야 할지 막막하기만 했다. 몇몇 화산은 암석 회랑을 이루고 있었다. 화석화한 식물 외에 한때 바닷속에 살았던 생물체의 잔해도 발견했다. 해가 지기 시작할 무렵 단단해진 모래에 앉았다. 바로 그 순간, 나는 그것들을 보았다.

열흘 동안 이스마엘이 그 미끌미끌한 해양생물을 녹색 갈릭소스에 적셔 먹는 모습을 본지라 절대 잘못 봤을 리 없었다. 징그럽지만 않았더라도 홍합 껍데기나 용암에 파묻히지 않은 화석 잔해로 여겼을 것이다. 한낮의 바다처럼 보이는 땅, 그 잿빛, 아니 기묘한 무지갯빛 표면에서 그것들이 간신히 모습을 드러내고 있었다. 나는 굳은 용암의 침묵, 원뿔 모양 화산에 깃든 고요, 화산 분출이 임박한 듯 주변에 감도는 죽음과 같은 정적을 듣기 위해 바다에 엎드렸다. 손과 돌멩이로 땅을 파니 땅속에서 삿갓조개 껍데기가 쏟아져 나왔다. 섬에 있는 호텔과 레스토랑에서 껍데기를 모아 공원 땅에 버리기라도 한 것 같았다. 파도에 휩쓸려 왔다고 보기에 바다는 너무 멀리 떨어져 있었다. 나는 조개껍데기를 해양생물의 집이나 해변에 널린 장신구라기보다, 항상 해골로 생각해왔다. 다양한 조개껍데기와 소라고둥으로 만든 목걸이가 주렁주렁 걸린 해안 산책로 기념품 가게 또한 뼈를 파는 곳처럼 보였다. 저 낮은 납골당에 귀를 대고 있으면 소리가 들린다. 바닷소리가 아니라 연체동물의 영혼, 그러니까 조개껍데기 안쪽 진주층 위를 미끄러지듯 움직이는 영혼의 소리가.

작은 섬이라 해안에서 그리 멀리 떨어져 있지 않다고 해도, 20킬로미터는 먼 거리였다. 나는 사체를 보고도 겁먹지 않았다. 사실 삿갓조개 껍데기가 이스마엘의 잇몸을 관통했을지도 모른다는 생각에 더 두려웠다. 그건 말이 안 되는 소리였다. 치과 의사에 의하면, 감염은 잇몸이 부어오르는 현상으로 설명할 수 있었다. 의사는 인간의 육체에 빈틈을 메우려는 경향이 있지만 가끔 실패하는 경우도 있다고 했다. 나는 조개껍데기 하나를 주워 코에 갖다 댔다. 처음에는 바위로 가득한 화산 냄새가 났다. 하지만 잠시 후, 이스마엘의 입에서 풍기는 악취, 그러니까 가짜 남편의 잇몸 냄새가 났다. 나의 후각적 상상력이나 피로 때문에 그런 것 같았다. 그런데 그 순간, 묘한 냄새가 강한 악취로 바뀌자 이스마엘이 내 뒤에 있다는 생각이 들었다. 하는 수 없이 뒤를 돌아보았다. 내가 유령을 떠올린다면 그건 결코 모르는 사람의 영혼이 아니다. 그건 내가 가장 사랑하는 이의 영혼이다. 나는 손에 들고 있던 껍데기를 멀리 던져버렸다. 그리고 그곳을 빠져나가는 동안 침묵하는 땅과의 어떠한 교감도 피했다. 그 대신 티만파야 국립공원의 해안지대로 가기 위해 704번 도로를 타고 가다가 이름 없는 곁길로 빠졌다. 거기에서는 파도가 검은 절벽에 쉴 새 없이 부딪혀 부서지고 있었기에 정적은 찾아볼 수도 없었다. 해변으로 내려가 조약돌과, 삿갓조개를 포함한 온갖 종류의 조개껍데기 사이에서 오후를 보냈다. 대서양에서는 물속에서 흐느적거리는 해초 냄새가 풍겼는데, 나는 무슨 일이 일어났는지 이해하기 위해 그 냄새에 매달렸다. 사실 너무 뻔한 상황이라 아무 생각 없이 그 냄새에 집착했다. 한 가지 분명한 점은 해초 냄새가 항구 도시 카디스에서 풍기는 말미잘 냄새만큼이나 은은한 반면, 이스마엘의 입에서 나는 냄새는 담즙을 떠올리게 했다는 것이다.

그날 밤, 가짜 남편은 어두운 방에서 눈을 번득이며 나를 맞이했다. 그는 바깥의 햇빛이나 열기를 막으려는 듯이, 자신의 새로운 냄새를 지키고 싶다는 듯이 창문을 꼭꼭 닫아놓았다. 바깥은 이미 시원해진 터라, 그의 입에서 내뿜는 열기와 악취가 더 심하게 느껴졌다.

"왜 창문을 죄다 닫아뒀어?"

그는 노트북 너머로 나를 바라보면서 미소를 지었다. 그 눈을 본 순간, 갑자기 귀뚜라미가 떠올랐다.

"미안, 미처 몰랐네." 그가 내게 말했다.

나는 창틀에서 창문을 난폭하게 떼어내려는 듯이 화장실을 포함해 모든 창을 활짝 열어젖혔다. 이스마엘은 꿈쩍도 하지 않고 인터넷 검색에 열중했다. 나는 샤워를 한 다음, 아레시페에 식사하러 가는 대신 호텔에 머물렀다. 우리가 호텔 뷔페에서 먹을 수 있는 것은 철 지난 수박밖에 없었다. 다시 방으로 돌아왔을 때도 그는 여전히 귀뚜라미 같은 눈을 하고 있었다. 그는 내게 가까이 다가와 프렌치 키스를 했다. 잇몸이 그를 괴롭히기 시작한 이후로 처음 하는 키스였다. 그는 내게 숨결이나 침을 흘려도 전혀 당황하거나 난처해하지 않았다. 나는 입을 그의 목쪽으로 내리고, 악취가 덜 나는 곳을 찾아가려고 몸을 뒤로 젖혔다. 그런데 이스마엘이 내 얼굴을 살짝 감싸 잡더니 다시 입을 맞추었다. 볼살을 있는 힘껏 빨아들여 침샘을 자극함으로써 썩은 침을 내 입안에 옮기고, 따라서 나도 침이 나오게 만드는 이상한 키스였다. 구역질이 두어 번 울컥 올라온 뒤에야 비로소 경련이 가라앉고 눈물도 잦아들었다. 이제는 감정에 복받쳐서가 아니라 횡격막이 수축되어 눈물이 흘렀다. 경련으로 인해 얼굴이 빨개진 데다 숨이 막혔다.

"여기서 멈추면 우리 사이가 점점 더 멀어질 거야." 이스마엘은 이상하리만큼 다정하면서도 구슬픈 목소리로, 그리고 기도가 끝난 뒤 성당처럼 고요하고 평온한 표정을 지으며 내게 속삭였다.

그는 다시 내 입술에 자기 입술을 포겠다. 나는 고약한 냄새를 풍기는 그의 침을 억지로 삼켰다. 키스를 하고 있다는 느낌이 전혀 들지 않았다. 나와 함께 있는 남자가 달리 성교를 할 능력이 없어 오럴섹스를 하는 듯한 기분이었다. 키스를 끝내고 이스마엘은 평소처럼 꼼꼼하게 잇몸을 닦으러 화장실에 들어갔다. 그 덕분에 어느 정도 마음이 편안해졌다. 그는 엽록소 껌 두 개를 씹은 뒤, 내게 다시 입을 맞추고 잠자리에 들었다. 이번에는 악취가 나지 않도록 입술을 꾹 다문 채 키스를 했기 때문에 침을 흘리지 않았다. 나는 그에게 예정보다 일찍 휴가를 끝내고 집에 돌아가자고 말하려던 참이었다. 다행히 열은 더 나지 않았지만 잇몸이 좀처럼 나아질 기미가 보이지 않기 때문이었다. 하지만 그 순간, 앞으로 남은 휴가 동안 이스마엘 곁에 있는 대신 혼자서 티만파야 국립공원을 돌아다니는 내 모습이 떠올랐다. 나는 우리가 방금 한 일에 관해 더 깊게 생각하지 않기로 했다. 낮잠을 자다가 꾼 악몽이나 다름없었으니까. 내용을 모두 잊어버린 탓에 아무 결론도 내릴 수 없는 악몽. 단지 기분에 취해서 지내는 수밖에 없었다. 실제로 나는 그렇게 살았다. 한껏 들뜬 기분으로 란사로테 섬에서 남은 나날을 보냈다.

다음 날, 나는 티만파야 국립공원에 가지 않았다. 다시는 그 조개껍데기를 보고 싶지 않았지만, 공원에 발을 디디는 순간 껍데기를 찾아 몸을 웅크리고 손으로 땅을 파게 되리라는 것을 알았다. 더는 편한 마음으로 화산 사이를 걸어 다닐 수 없다는 사실이 안타까웠다. 그 땅에 서면 폐가 부풀어 오르는 기분이었다. 나는 앞으로도 계속 숨을 쉬려면 나의 폐와 대지가 반드시 교감해야 한다고 느꼈다. 나는 티만파야 국립공원 동쪽에 위치한 라 헤리아 지역에 가서 레드와인을 한 병 마시고, 술집 주인이 눈길을 번득이며 감시하는 가운데 포도덩굴이 자라고 있는 말발굽 모양의 돌담 사이를 조심스레 걸었다. 비료로 뿌려놓은 재는 초록 이파리가 돋아나는 그루터기 쪽 흙보다 더 밝은 빛깔의 층을 이루었다. 나는 여행 내내 아무것도 사지 않았다는 사실을 깨닫고 와인 한 병을 기념품으로 샀다. 그러고는 곧장 라 헤리아에서 동쪽으로 이동해 아소마다라는 작은 마을에 도착했다. 2월치고 햇살이 무척 강했고, 그 빛을 받아 눈부시게 반짝이는 하얀 집들(오래전부터 그런 집은 내 선망의 대상이었다) 사이를 잠시 돌아다녔다. 그 빛은 순전한 소음처럼 내 신경계를 통해 즐겁고 활기차게 울려 퍼졌다. 하지만 실제로 그곳에서의 삶은 우울할 수밖에 없었는데, 그 때문에 오히려 그곳이 더 마음에 들었다. 나는 관광 가이드북을 꺼내 더 도회적 분위기를 풍기는 곳을 다음 행선지로 택했다. 란사로테 섬 중앙에 위치한 산바르톨로

메. 거기서 전통 복장을 입은 주민들이 수호성인을 모시고 한 예배당에서 다른 예배당으로 이동하는 행렬을 구경하며 남은 오후 시간을 보냈다. 외지에서 온 관광객은 나밖에 없었다. 나는 밤에 호텔로 돌아왔다. 방이 너무 어두워서 이스마엘의 눈이 또 벌레의 눈처럼 보였는지 알 수 없었다. 냉장고에서 술을 몇 병 꺼내자, 곧바로 작은 술병에 물방울이 맺혔다. 산바르톨로메에서 사 온 소시지를 꺼내며 그에게 말했다.

"오늘 저녁은 여기서 먹자."

우리는 침대에 걸터앉은 채, 라 헤리아 와인을 마시며 느긋하게 저녁식사를 했다. 창문은 모두 열려 있는 반면 텔레비전은 꺼져 있었다. 방 안 공기는 후텁지근했고 이스마엘의 입에서 나는 썩은 냄새가 진동했다. 딱히 보고 싶은 프로그램이 없어 텔레비전을 틀지 않았다. 그때 갑자기 이스마엘이 진짜 결혼식 계획을 밝혔다. 그는 분명히 '입'이 아니라 '결혼식'이라고 말했지만,* 나는 그가 자기 입에 난 병에 관해 말했다고 애써 믿으려 했다. 가짜 결혼식을

* 스페인어로 '입boca'과 '결혼식boda'은 비슷한 발음임.

242

떠올릴수록 왠지 불안한 마음이 들었다. 내가 불안한 것은 결혼식이 가짜라서가 아니라, 오히려 먼 옛날에 일어났거나 심지어 결코 일어난 적 없다는 느낌 때문이었다. 우리 사이에 정말로 존재하는 것은 잇몸뿐이고, 이스마엘의 결혼식 계획은 잇몸에 낀 음식 찌꺼기 제거법을 인터넷에서 찾다가 알아낸 정확하고 세부적인 지침 같았다. "그런데 당신한테 할 말이 하나 있어." 그가 숨도 쉬지 않고 말을 이어나가는 통에 뭐냐고 물어볼 틈조차 없었다. "사실 나, 벌레로 변하고 있어." 그의 말을 듣고 웃음을 터뜨릴 수밖에 없었다. 이스마엘도 따라 웃었지만 말을 멈추지는 않았다. "내 어금니 위에 자라난 게 그냥 살이 아니야. 정말이야." 그는 침대 머리맡 램프 옆에 앉더니 입을 벌렸다. "이것 좀 봐." 그의 뺨이 그림자를 드리운 바람에 나는 하마터면 그의 입에 전구를 넣을 뻔했다. 그의 말은 사실이었다. 구강점막과 입술 안쪽 사이에, 음식 찌꺼기(이스마엘이 결국 빼내지 못한 것들이다)가 잔뜩 끼어 더럽고 처참한 상태의 어금니만 있는 건 아니었다. 거기에는 딱정벌레의 단단한 등껍질을 연상시키는 또 다른 종류의 조직이 있었다. 나는 숨을 죽였다. 그날따라 악취가 더 심하게 났다. 냄새가 코

대신 혀를 통과해 들어온 것처럼 미뢰에서 느껴졌다. 그래도 전날 밤의 경험 덕분인지 구역질이 올라와도 견딜 수 있었다.

"그냥 결정화한 음식물이 분명해." 결정화한 음식물. 나는 방금 내가 발명한 용어를 마치 평생 사용해온 것처럼 진지하게 말했다.

나는 그가 정말 벌레로 변하고 있다고 믿어서가 아니라, 그 말을 듣고도 무덤덤하게 받아넘기는 나 자신을 보자 덜컥 겁이 났다. 우리는 서로 빤히 보았다. 그 순간, 우리가 똑같은 두려움에 사로잡혀 있음을 깨달았다.

"너무 깊게 생각하지 마."

나는 그에게 너무 고민할 필요도 없고, 썩어가는 살에 관한 지식을 긁어모으기 위해 인터넷을 아무리 뒤져봐도 궁금증을 시원하게 풀어줄 위키피디아나 웹 페이지는 없다고 말해주고 싶었다. 어쩌면 자기가 벌레로 변해가고 있다는 가설 또한 오랫동안 가상세계를 통해 연구하고 조사한 끝에 나온 결과일지도 모른다. 이스마엘은 어떤 일이든 어중간하게 하는 법이 없었다.

"지금 내게 가장 중요한 일은 당신과 진짜 결혼식을

올리는 거야." 그가 분명하게 말했다. 이번에는 '결혼식'을 '입'이라고 잘못 알아들을 가능성이 전혀 없었다.

"저번에 잇몸 통증이 심해졌을 때는 말이야." 나도 고집을 굽히지 않았다. "아이스크림으로 진정시켰잖아. 기억나? 차가운 것으로 찜질하면 염증이 가라앉는 법이야. 치과 의사도 그렇게 말했고."

"그 얘기를 하는 게 아니잖아." 그가 맞받아쳤다.

나는 결혼 문제를 놓고 더 왈가왈부하고 싶지 않았다. 그가 램프에서 멀어졌다. 우리는 이미 디저트까지 먹고 미니바에 있는 술로 쿠바타 칵테일을 만들고 있었다. 그때 그가 냉장고에서 플라스틱 용기를 꺼냈다. 왠지 그날따라 몸놀림이 달라 보였다. 평소 같으면 생각이 너무 많아 예민한 사람답게 어떤 일이든 망설이면서 느릿느릿 움직였을 텐데, 전혀 그런 기색이 없었다. 궁지에 몰려 허둥지둥 달아나는 바퀴벌레처럼 냉장고로 향하는 움직임은 날렵하기 이를 데 없었다. 용기에는 갈릭소스를 섞은 차가운 삿갓조개가 담겨 있었다.

"그거 어디서 났어?" 내가 물었다.

"점심 때 먹고 남은 거야."

"산책 좀 하고 올게." 그가 조개를 집어 입에 넣기 전에 말했다. 밖에 나갔을 때, 나는 결혼 계획과 함께 그를 내팽개쳤다는 사실을 깨달았다.

거리는 왠지 초라하고 황량한 모습을 하고 있었다. 나는 발바닥이 까진지도 모른 채 한동안 아스팔트 도로를 맨발로 걸었다. 늘 아침을 먹던 식당이 열려 있었다. 벽 한가운데 달린 대형 텔레비전(거기에 텔레비전이 있다는 것을 한 번도 알아차리지 못했다)에서는 스티븐 시걸 주연의 영화가 소리 없이 나오고 있었다. 웨이터가 인사를 건네자 괜히 마음이 불편했다. 차라리 그가 나를 몰라봤으면 했다. 아침에는 보통 수영을 마치고 머리를 뒤로 넘겨 묶은 다음, 선글라스를 쓰고 허리에 사롱을 두른 채 거기에 들렀다. 정말로 저 웨이터를 나를 알아봤다면, 그건 단정하게 꾸몄을 때나 얼굴에 소금기가 가득하고 머리가 헝클어졌을 때나 별 차이가 없어 보인다는 뜻이었다. 단장을 해봤자 아무 소용이 없음을 뼈저리게 깨달으며 자리에 앉았다. 그날 밤 술을 세 잔째 주문하려는 순간, 카운터 냉장 진열대 안쪽에 있는 삿갓조개가 눈에 띄었다. 그 연체동물의 살을 보자 식욕이 일었다. 지난 며칠 동안 나는 잠도 잘 못 자고 제대로 먹지도 못했다. 놀랍게도 이제야 그 사실을 깨달았다. 게다가 우리가 아레시페에 가지 못하고 호텔에만 머물러 있었다고 해서, 그것을 모두 이스마엘의 탓으로 돌릴 수만은 없다는 사실도 깨달았다.

"삿갓조개 좀 주세요." 나는 웨이터에게 말했다.

"네, 아주 맛있답니다." 웨이터가 대답했다.

그는 냉장 진열대에서 조개가 담긴 접시를 꺼내 들고 주방으로 사라졌다. 삿갓조개를 요리하는 동안, 나는 잔잔한 바다를 내다보는 대신 냉장 진열대에서 겨울을 나고 있는 파리가 몇 마리인지 세어보았다. 파리들은 이스마엘처럼 얼어붙은 것이 틀림없었다. 아니, 이스마엘이라면 삿갓조개를 박테리아에서 안전하게 보호하는 온도에서 곧바로 얼어 죽었겠지만, 파리의 경우 저기서 죽은 것인지 아니면 잠시 얼어붙은 것뿐인지 확실하지 않았다. 만약 죽은 거라면, 여러 마리가 조용하고 완벽하게 달라붙어 있는 저 모습은 진열대 유리창에 낀 먼지 때문일지도 몰랐다. 언젠가 유리에 앉았다가 시야가 차단되어 다시 날아오르지 못한 모양이었다. 나는 파리 시체나 이스마엘의 질병을 떠올리지 않고 삿갓조개 요리 한 접시를 다 먹었다. 그러고는 가짜 남편이 가장 좋아하는 딸기 바닐라 아이스크림콘을 들고 식당에서 나왔다. 나는 아이스크림콘이 녹을까 봐 호텔로 달려갔다. 내 손을 보고 이스마엘은 뷔페에 가면 얼마든 먹을 수 있는 것을 뭐 하러 샀느냐고 물었다.

"어서 먹어." 나는 그의 말을 못 들은 체했다. 그가 썩어가는 잇몸 쪽으로 아이스크림을 무는지 옆에서 지켜보았다. 입에서 풍기는 악취가 딸기와 바닐라의 달콤한 향기와 섞이면서 우리 사이에 감돌던 긴장도 다소 누그러졌다. 나는 물론 이스마엘도, 초강력 쿨 민트 껌이나 구취 제거용 엽록소 껌, 또는 구강청결제가 왜 그런 효과를 내지 못하는지 의아하게 여기지 않았다.

잠시 후, 나는 그에게 아픈 잇몸을 보여달라고 했다. 이상한 딱지 같은 것이 아직 녹지 않은 아이스크림으로 덮여 있어 냉장 진열대의 파리처럼 보였다. 입안의 아이스크림은 침과 섞이지 않은 듯 보였다. 분해되는 과정에서도 자신의 성분을 유지하는 방법을 알고 있던 것이다. 나는 승리감을 만끽했고, 이스마엘도 그랬으리라 믿는다. 물론 그가 종일 아이스크림콘을 먹으면서 하루를 보낼 수도 없고, 그 효과 또한 그리 오래 가지 못하겠지만 말이다. 다음 날, 나는 점심식사 후에 후식으로 작은 용기에 든 초콜릿 헤이즐넛 아이스크림을 먹었다. 그러고는 용기를 내 티만 파야 국립공원에 가서 조개껍데기를 찾으려고 모래에 손을 넣었다. 날씨는 전날보다 더웠고, 땅은 완전히 닫혀버린 듯했다. 모든 것이 노스탤지어에 물들어 있었고, 조개껍데기가 있어야 할 곳에는 내가 파낸 모래 더미 외에 아무것도 없었다. 나는 언덕에 엎드려 땅에 귀를 대고, 이스마엘의 결혼식 계획과 진짜 불운을 끌어들이는 방법에 관해 처음으로 진지하게 생각했다. 나는 마음이 평온하고 고요해질 때까지 그 자리에 가만히 있었다.

점술가

La adivina

어느 손님의 타로점을 보는데 당신이 나타나는군요.

무슨 영문인지 모르겠네요. 이 번호로 연락 주세요.

8034550930.

여자는 비에나 카페야네스*에서 아침을 먹고 있었다. 여자는 점술가를 찾아간 사람이 지금 맞은편 자리에 앉아 주스와 라테를 마시고 있는 저 남자인지 궁금했다. 그는 둘을 함께 마셨을 때 맛이나 건강에 서로 어떤 영향을 미치는지 밝히려는 듯이 정해진 방식으로 번갈아 들이켰다. 사실 여자는 어떤 것도 딱히 궁금하지 않았다. 다만 자기가 처음 만난 사람에게 점술가의 메시지를 투영해보려고

---

*   1873년 마드리드에 세워진 유명 제과점.

했을 뿐이다. 그 사람은 여자를 여러 차례 흘금거리고(그렇다고 멍한 눈빛은 아니었다) 있었다. 남자가 관심을 보인 것은 여자 또한 그를 눈여겨보았기 때문인지도 모른다. 두 사람은 서로의 시선에 대해 나름대로 결론 내리려고 한 것일 수도 있다. 상황을 마무리 지으려면 또 다른 일이 일어나야 했다. 가령 남자가 여자의 테이블로 와서 이렇게 말하는 것이다. "어떤 점술가에게 갔는데, 아침식사를 하는 동안 누군가를 만나게 될 거라고 하더군요." 그 순간, 남자가 자리에서 일어섰다. 잔에 주스가 조금 남아 있었다. 그는 카운터에서 계산을 한 다음, 푸엔카랄 거리로 사라졌다.

　짧은 여행을 하는 모습이 보이는군요. 이 여행을 통해 많은 것이 밝혀질 겁니다. 어떻게 될지 한번 지켜보죠. 이 번호로 연락 주세요. 8034550930.

　여자는 차를 몰고 마드리드를 떠났다. 어쩌다 보니 일이 그렇게 되어버렸다. 십중팔구 기계에서 나온 메시지이니(여자처럼 경제적으로 불안정한 중산층 사람이라면 누가 그 사실을 모르겠는가), 진지하게 받아들이지 않으면 그만이라고 생각할 문제가 아니다. 중요한 것은 메시지를 진지하게 받아들이느냐 아니냐가 아니었다. 신의 존재를 확신하는 것만큼이나 어려운 이해의 틈을, 미신의 힘으로 벌릴 수 있다는 사실을 인정하는 것이었다. 이는 여자에게 자만심을 단념해야 하는 일이나 다름없었다. 그 틈을 상상이나 욕망에 맡긴다면, 여자가 원하는 만큼 벌어져서 어떤 사건을 만들어낼 수도 있었다. 예를 들어, 지금 차를 몰고 엘 에스코리알 거리를 지나 사르살레호 마을로 가던 도중, 산기슭에 낀 짙은 안개 때문에 앞이 보이지 않아 액셀에서 발을 떼고 있는 것처럼. 차를 몰고 정처 없이 떠난 것도 오랜만이었다. 옛날에는 주로 남자들과 함께 드라이브를 했는데, 그들이 운전하는 차를 타고 갈 때가 훨씬 좋았다. 차를 타고 가면서 상념에 잠기려면 운전에 신경 쓰지 않는 편이더 나았다. 많은 것이 밝혀질 짧은 여행을 떠나는 일. 여자의 드라이브는 짧은 여행이었을까? 여자의 방랑이 짧은 여행이 되려면 어디까지 가야 하고, 또 그곳에서 몇 시간이나 머물러야 하는 걸까? 그리고 어떤 것들이 분명하게 밝혀져야 하는 걸까? 여자는 사르살레호 마을의 어느 바에 들어가 난로 옆 테이블에 수첩과 볼펜, 그리고 디카페인 커피를 놓고 앉았다. 물론 여자가 분명히 밝혀야 할 일도 많았지만, 점술가의 메시지만큼 급박한 건 없었다. 그 메시지에는 절대 미루면 안 되는 문제들이 언급되어 있었다. 예를 들면, 동업자 없이 혼자 원고 교정 서비스 회사를 세우기로 결정한 일이 그런 경우였다. 그렇지만 여자가 수첩에 적어둔 문제들은 이런 종류의 것이 아니었다. 오히려 더 지루하고 모호할 뿐 아니라, 어떤 이가, 어쩌면 여자 자신마저 사물의 본질이나 단순한 타성에 관한 것이라고 주장할 법한 그런 모색의 대상이었다. 그 순간, 어둠에 잠긴 어린 시절의 거실, 여러 시간 동안 켜져 있던 텔레비전, 마약에 취해 난폭해진 권태가 여자의 눈앞에 가물거렸다. 텔레비전 앞에서 시들어가던 두 사람. 울화가 치미는 정적이 지나가고 월요일 아침이 되면, 두 사람은 직장에 갔다가 기분이 상쾌해져서 집에 돌아왔다. 그래도 또 다른 걱정거리를 안고 온 덕분에 심연에서 벗어나 밤 10시부터 자정까지 소파에 앉아 텔레비전을 보았다. 그건 또다시 세상에 내던져지기 전 잠깐의 휴식이었다. 어떤 주말이면 그들은 소파를 피했다. 그 대신 폭스바겐 파사트를 타고 다른 지방으로 순례를 떠났다. 모든 일에서 벗어나 다른 현실을 상상할 수 있는 좋은 방법이었다. 그럴 때면 그들의 딸인 여자는 워크맨 이어폰을 끼고 뒷좌석에 탔다. 그리고 자기만의 세계에 빠져들었다.

랜덤으로 메시지를 발송한 컴퓨터가 왜 전화번호를 남겼는지, 여자에게는 여전히 미스터리였다.

여자가 아까 남자의 테이블로 다가가 자신의 이메일 주소가 적힌 쪽지를 건네주었다면 어떻게 되었을까?

타로 카드로 당신의 점을 볼 때마다, 세 사람 사이의 갈등이 보이는군요. 셋 중 한 명이 곧 물러날 겁니다. 이 번호로 연락 주세요. 8034550930.

소에는 금발이었다. 소에를 처음 봤을 때, 잿빛이 도는 지저분한 금발 대신 더 돋보일 만한 색깔로 염색을 하는 편이 좋을 것 같았다. 사실 소에의 머리는 전구나 형광펜 같은 느낌을 주어 일부 여자에게만 어울리는 히스테릭한 금발보다 훨씬 보기 싫었다. 소에의 얼굴은 크림을 너무 많이 발라 항상 번들거렸다. 소에가 즐겨 입는 옷은 갈색과 베이지색 사이의 색상이었다. 한마디로 갈색처럼 칙

칙한 분위기를 풍기는 사람이었다. 소에는 주로 연애소설을 읽었다. 소에라는 이름은 그에게 어울리지 않았다. 소에는 보잘것없는 일을 하는 여자 바로 맞은편에 앉아 원고 교정을 보았다. 육 개월 동안 일이 거의 없던 차였다. 어느 날, 한 친구가 카탈로그를 엑셀에 입력하기만 하는 인턴직을 그만둘 생각이라고 털어놓았다. 여자는 엑셀이라면 끔찍이 싫어했지만, 화요일부터 목요일까지 하루 두 시간씩만 일하면 한 달에 300유로를 받는 자리였다. 계산해보면, 그따위 일을 하고 시간당 12유로 50센트를 받은 셈이었다. 그런 일이라면 훨씬 더 짜게 받을 수도 있기 때문에 많은 이들이 그리 나쁜 직장은 아니라고 했다. 그러나누가 뭐래도 여자에게는 형편없는 직장이었다. 소에의 책상은 여자의 컴퓨터 맞은편에 있었다. 여자는 행을 혼동하거나 도서(절반가량은 자비 출판이고 나머지는 보조금을 지원받은 것이었다)를 누락시키지 않으려고 애쓰면서 카탈로그를 엑셀로 작성해 컴퓨터에 저장했다. 대다수 책의 저자는 남자로, 지역 유명 인사나 일흔 살이 넘은 전직 교수나 교사들이었다. 예를 들어, 《황혼기에 접어든 오래된 올리브나무》라는 책은 1937년 안달루시아의 하엔 주에서 태어나 고등학교 교사를 지낸 베르나베 고메스의 작품으로, 토레돈히메노 시의회에서 지원금을 받아 출간되었다.

소에는 모르는 것이 거의 없는, 해박한 지식을 갖춘 교열자였다. 마누엘 세코의 저서와 《의문점에 관한 범스페인어 사전》의 서두 부분을 줄줄 외웠다. 소에의 오른쪽 자리에는 두 번째 교열자인 마리아 이사벨이 앉아 있었다. 까무잡잡한 피부에 통통한 편이었는데, 에스트레야 마을에 있는 교구 본당의 일요일 아침을 연상시키는 옷을 입고 다녔다. 마리아 이사벨도 소에처럼 연애소설을 즐겨 읽었다. 둘은 근무시간에 콤플루텐세 대학교나 아우토노마 대학교에서 은퇴한 철학 교수 또는 고향 떡갈나무 아래에서 느낀 울적한 슬픔과 그리움을 노래한 시인의 작품 교정쇄를 검토했다. 하지만 지하철을 타고 퇴근하는 동안은 언제나 연애소설을 읽었다. 특히 소에는 오자나 탈자를 잡아내는 데 선수였다. "자기 전에 시간이 나면, 지금 읽고 있는 소설에서 찾아낸 오자를 알려주려고 출판사에 편지를 써." 언젠가 소에는 내게 이렇게 말하기도 했다. 반면 마리아 이사벨은 일솜씨가 느리고 서툰 데다, 언제나 우거지상을 하고 있었다. 사소한 일로 꼬투리를 잡아 새로 엑셀 정리

작업을 맡은 여자에게 불평을 토로한 것도 마리아 이사벨이었다. "당신 이전에 있던 남자 인턴은 얼마나 재미있었는지 몰라. 자기 여자친구에 관해 스스럼없이 이야기를 했다니까. 그러면 우리도 이런저런 조언을 해주었지." 어느 날, 마리아 이사벨은 여자에게 이렇게 말하고는 예의상 살짝 미소 지었다. 결국 소에와 마리아 이사벨이 보기에 여자가 따분하고 재미없다는 얘기였다. 사실 여자는 그들에게 일절 말을 걸지 않았다. 언제나 말없이 출근해서, 업무에 관련된 것 외에는 한마디도 하지 않고 퇴근했다. 여자가 두 교열자를 어떻게 생각하는지는 그의 표정과 어떤 접촉이든 피하려고 하는 태도에 그대로 드러났다. 하지만 여자가 매니저를 대하는 태도는 판이하게 달랐다. 매니저는 거기서 황금 낙하산*을 가지고 있는 유일한 직원이었다. 매니저는 연애소설을 읽지 않았다. 어쩌면 책하고 담을 쌓았는지도 모른다. 매니저는 짧은 단발머리였다. 큰 키에 낮고 굵은 목소리가 매혹적이었고, 늘 수녀처럼 입고 다녔다. 여자는 가끔 매니저에게 테레사 연합회에 소속되어 있

---

* 임기가 종료되지 않은 경영진에게 거액의 퇴직금이나 스톡옵션을 지급하는 것.

는지 물어보고 싶었지만, 혹시 기분을 상하게 할까 봐 꾹 참았다. 매니저의 이름은 파스였는데, 마리아 이사벨이 자기에게 여자를 고발했을 때도 언짢은 기색을 내비치지 않았다. 사실 '고발했다'라는 표현은 조금 과장되었다. '몰래 일러바쳤다'라고 하는 편이 더 정확할 것이다. 마리아 이사벨은 신입 인턴이 월 이십사 시간 수당 청구서에 300유로라고 써 넣었다고 일러바쳤다. "신입 인턴이 우리를 속인 거예요." 여자는 자기가 출근하기 전에 마리아 이사벨이 매니저와 대표를 찾아가 몰래 소곤거리는 모습을 상상했다. 여자가 컴퓨터를 켰을 때, 마리아 이사벨이 책상으로 다가왔다.

"수당 청구서를 엉망으로 작성했더군. 보니까 300유로를 청구했던데, 당신이 받아야 하는 수당은 200유로라고. 그간 당신이 나보다 더 많이 받고 있었다는 얘기야."

그런데 여자는 자기 월급이 300유로가 아니라 200유로라는 사실조차 모르고 있었다. 여자는 애당초 제대로 이해하지 못했을 뿐 속이려고 한 건 아니라고 항변했다. 뭐가 됐든 마리아 이사벨에게, 인턴이 시간당 수당을 자기보다 더 많이 받았다는 사실(자신은 정규직으로 고용되었기 때문에 자영업자 및 자유직업자 소득세*를 낼 필요가 없었음에도)은 너무도 분명하고 반박할 수 없는 사실이었다. 여자가 다시 계산해보니, 빌어먹을 그 직장이 유일한 수입원이라면 해당 소득세를 낼 여유조차 없을 것 같았다. 그래도 여자는 여전히 죄책감이 들었다. 이제 마리아 이사벨은 우거지상을 지을 명분이 생겼고, 심지어 소에조차 여자를 의심스러운 눈빛으로 보기 시작했다. 마리아 이사벨과 소에는 패배자가 되느니 차라리 자신들을 착취하는, 증오스러운 대표의 편을 들려고 했다. 단지 파스만 아무 내색도 하지 않고 평소처럼 여자를 대했다. 파스도 여자를 호의적으로 평가하지 않았을지도 모르지만, 아무튼 속내를 겉으로 드러내지 않았다. 아니면 그저 여자에게 그저 무관심하던 것일 수도 있다.

여자는 그렇게 몇 주 더 참고 견디다가 결국 그만두겠다고 말했다. 여자가 받은 마지막 보수는 100유로였다.

타로 카드로 당신의 점을 볼 때마다, 세 사람 사이의 갈등이 보이는군요. 셋 중 한 명이 곧 물러날 겁니다.

---

*　　재무성에 등록된 자영업자 및 자유직업자의 소득 일정분을 매월 징수해서 차후 사회보장 연금으로 사용하는 스페인의 세금 제도.

결국 물러난 사람은 여자였다.

다른 문제도 찾아볼 수 있었겠지만, 모두 불확실하고 모호해보였다.

사촌들 간의 소소한 질투심.

사소한 배신 의혹(여자가 털어놓은 말을 제삼자에게 옮긴 친구. 이 일로 그 친구가 비밀을 지키지 못했다는 사실이 여실히 드러났다).

어둠에 잠긴 거실에서 탈출한 여자와 부모.

자신의 일대기에 짧은 여행을 집어넣음으로써 미묘한 방식으로 기억에 새로운 의미를 부여하려 했을 때, 여자는 점술가의 메시지대로 움직이고 있던 것일까?

당신 때문에 처절하게 우는 어떤 이의 모습이 밤낮으로 보이는군요. 내 말을 믿지 않는다는 걸 알아요. 이 번호로 연락 주세요. 8034550930.

여자는 자신을 거쳐간 남자 중 대체 누가 자기 때문에 그리 처절하게 우는지 알아보려고 하지도 않았다. 여자는 이번에도 그런 장면을 만들어내고 싶은 마음이 들었다.

물론 실제로 남자와 그렇게 해볼 생각은 전혀 없었지만 말이다. 여자는 고모를 찾아가서, 두 달 전에 돌아가신 할머니 댁 열쇠를 달라고 했다. 여자는 골든 리트리버 강아지를 한 마리 사서 차에 태우고 고향으로 갔다. 조수석에 있던 강아지는 기어를 바꿀 때마다 꼬리를 신나게 흔들면서 여자의 손을 핥았다. 할머니 댁에 도착하자마자, 여자는 그릇에 물을 가득 따르고 다른 그릇에 사료를 채운 뒤 방에 넣어두었다. 그러고는 강아지를 데리고 오래된 공간으로 올라갔다. 아직도 그 방에는 할아버지가 절이던 하몬의 소금과 기름 냄새가 감돌고 있었다. 여자는 종일 강아지를 방에 가두었다. 녀석이 계속 낑낑거리는 바람에 여자는 거의 쉬지 못했다. 낑낑거리는 소리를 듣지 않으려고 여자는 차를 몰고 골짜기를 달렸다. 그러고는 두 시간 동안 떡갈나무 숲을 거닐다가, 폐허로 변한 성에 올라갔다. 도로변에 있는 바 세 군데도 들렀다. 그날 밤, 여자는 어린 시절 이후로 한 번도 틀지 않았던 밴드들의 음반을 볼륨을 높이고 들었다. 슬레이어, 크레이들 오브 필스, 블랙 사바스, 시어터 오브 트래지디. 그러다 가끔 강아지가 울부짖는 소리를 들으려고 음악을 멈추었다. 그날은 2월의 어느 화요일이었다. 그 집은 한 블록을 다 차지하고 있었는데, 다만 길거리에서 강아지 울음소리가 들릴까 봐 걱정되었다. 하지만 어떤 이웃도 집에서 울부짖는 소리가 난다고 고모와 삼촌에게 연락하지 않은 것 같았다. 그 방은 방음이 잘 되는 모양이었다. 새벽 4시, 울부짖는 소리가 잠잠해지자 강아지가 죽었을지도 모른다는 생각이 들었다. 여자는 맥주를 더 마시고, 해가 중천에 뜰 때까지 음악을 끄지 않았다. 계단을 따라 방으로 올라가는데, 너무 취한 나머지 전혀 두렵지 않았다. 문을 열었다. 녀석이 여자를 향해 쪼르르 달려왔다. 강아지는 힘이 없는 듯했지만 여전히 여자를 보며 꼬리를 흔들었다. 단지 낯선 곳에 와 놀라고 당황해서 그런 모양이었다. 녀석은 먹은 걸 토해놓았고 몸을 부들부들 떨었다.

기적과 점술은 실제로 존재합니다. 하지만 세상에는 교활한 사기꾼이 많죠. 삶의 진실을 밝혀줄 타로점을 봐드리겠습니다. 이 번호로 연락 주세요. 8034550930.

여자는 마지막 메시지가 점술에 관해 언급했을 뿐이

라는 점에 놀랐다. 그간 메시지들에 아무 기대도 하지 않았지만, 이것은 이상하리만큼 자신과 잘 맞아떨어지는 듯 보였다. 메시지는 여자가 처한 상황에 딱 들어맞거나 여자가 전혀 다른 상황을 만들어내도록 이끌었을 뿐만 아니라, 그들만의 그림자를 드러냈다. 그 그림자는 여자의 그림자를 떠올리게 했다. 그것은 폭풍우가 몰아치는 날 야심한 시간에 찍은 도시 외곽의 도로 사진 같았다. 여자의 어린 시절 두려움은 바로 거기에 있었다. 어렸을 때, 여자는 자동차 뒷좌석에 거꾸로 앉아 무릎을 꿇고 창밖에 내리는 비를 바라보았다. 와이퍼가 물방울을 갑자기 쓸어버리면, 뒤따르던 자동차의 모습이 유리창에 선명하게 비치다 몇 초 뒤 다시 흐릿해졌다. 헤드라이트 불빛에 둘러싸인, 어둠을 향해 희미하게 뻗은 길 속에 어린 시절 여자의 두려움이 자리 잡고 있었다. 하지만 여자는 거기에서 눈을 뗄 수 없었다. 그 당시에 아이들은 안전벨트를 매지 않아도 괜찮았다. 도로는 2차선밖에 안 되는 데다 상태도 워낙 좋지 않아서, 거리가 항상 멀게 느껴졌다. 아무튼 여자의 휴대전화에 계속 오던 그 메시지들은 바로 여자의 그림자를 드러내고 있었다. 마지막으로 온 메시지는 여자가 몇 달 동안 고민하던 생각과 딱 들어맞았다. 얼마 남지 않은 믿음이 사라지고, 이 게임을 계속하고 싶은 욕망마저 떨쳐버렸을 때, 메시지가 **기적적으로** 도착했다. 믿을 만하지 못한 연인의 마지막 약속 같았다. "다시는 안 그럴게." "기적과 점술은 실제로 존재합니다."

가짜 발명가가 그린 지옥의 설계도

번역가 엄지영

스페인뿐 아니라 전세계 문단에서 주목받은 엘비라 나바로의 《토끼들의 섬》은 "어두운 밤과 같은 영혼"이라는 평가에 걸맞게 을씨년스럽고 음산하기 짝이 없는, 그래서 불편하기까지 한 기이한 세계를 그려낸다. 프란츠 카프카와 훌리오 코르타사르를 연상시키는 낯선 세계는 주로 (여성)인물들의 심리적 갈등과 정신적 혼란, 불안정한 노동 현실, 정체성, 개인 존재의 위기 등 현대 인간—특히 여성—의 실존적, 사회적 불안감에서 비롯된 것으로 보인다. 작가는 불안감의 근원에 "정상적인 것", 더 나아가 현실이라는 패러다임이 자리하고 있다고 파악한다. 따라서 그는 글쓰기를 통해 이것이 얼마나 취약하고, 또 얼마나 인위적인 관념인지 드러낸다. 현실이란 무엇인가? 현실은 누가 규정하는가? 현실 너머에는 무엇이 존재하는가? 2019년 작가 인터뷰에 따르면 현실적인 것은 "이성이라는 패러다임에 의해 일방적으로 규정되는", 따라서 "합의"의 산물에 지나지 않지만, 여기서 벗어나는 것은 그 무엇이든 "이름조차 붙"(37쪽)여지지 않는다. 엘비라 나바로는 《토끼들의 섬》에서 이처럼 언어에서 배제된 세계—이름 붙여지지 않은 세계—를 치열하게 파고든다.(작가의 말처럼 여기 수록된 작품은 환상 문학이라기보다, 기이한 세계를 정치하게 묘사한 리얼리즘 문학으로 봐야 마땅할 것이다.)

　따라서 현실은 사물을 지배하고 통제하려는 인간의 욕망, 혹은 그 욕망의 불가능성이 낳은 기괴한 허구일 것이다. 가령 표제작 〈토끼들의 섬〉의 주인공은 새를 없애기 위해 섬에 토끼를 풀어놓지만, 자신의 의도와는 정반대의 결과를 맞이한다. 여기서 문제는 주인공의 '통제 의지'다. 그는 결국 통제할 수 없는 것을 통제하려 하면서 혼란에 빠지게 된다.

주변을 통제하는 것이 불가능하다는 생각은 **두려움**을 불러 일으키는 반면, 지나친 통제는 **괴물**을 만들어냅니다.*

《토끼들의 섬》에서 통제 의지는 인간관계, 특히 남녀 관계에서 가장 구체적으로 드러난다. 가령 〈헤라르도의 편지〉에서 나탈리아와 헤라르도, 〈파리 근교〉에서 '나'와 미셸, 〈잇몸〉에서 '나'와 이스마엘, 그리고 〈역행〉에 나오는 '그녀'와 친구인 타마라의 관계에서도 서로를 지배하려는 욕망이 작품 전면에 등장한다. 작품에서 그 욕망은 호텔 방처럼 닫힌 공간에서의 침묵이나 고독으로 흔히 나타나는데, 대부분 여성에 대한 억압으로 작용한다. 〈잇몸〉의 경우, 이스마엘이 잇몸에 문제가 생기자 '나'는 그의 침묵이 가하는 압박을 느끼기 시작한다. 물론 '나'에게 고독은 도피의 구실이 될 수도 있지만, 모든 소통이 단절된 상황에서는 억압으로 작용한다. 의존/예속과 해방/자유의 변증법.

---

* 2019년 작가 인터뷰. 이러한 진술은 프란시스코 고야의 그림 '이성의 잠은 괴물을 낳는다'(1799)를 연상시킨다. 어떤 면에서 《토끼들의 섬》은 글쓰기를 통해 '고야적인 세계'를 생생하게 그려낸 것이 아닐까? 특히 〈미오트라구스〉에서 이러한 면모가 잘 드러난다. 작품 전반부에 등장하는 히스테릭한 여성이 발견한 것은 결국 자연 생물종에 가해진 인간의 끔찍한, 추악한 욕망의 흔적 아닐까?

이처럼 적대적인 욕망과 억압으로 이루어진 현실의 이면에는 벗어남의 욕망이 꿈틀거리고 있다. 이 소설집에서 두 욕망은 뫼비우스의 띠처럼 하나로 연결되어 있어 독자를 더욱 혼란스럽게 만든다. 벗어나려는 의지는 번번이 현실이라는 거대한 벽 앞에서 좌절되고 만다. 합리적 방식으로 도망치는 것이 불가능할 때 인물들은 신경증적 반응을 보이기 시작한다. 다시 말해 탈출의 욕망이 좌절될 때, 인물들은 비합리적 방식으로 현실에 대응한다는 것이다. 〈꼭대기 방〉의 주인공이 이런 사실을 잘 드러낸다.

여자는 꿈꾸는 이에 대해 많은 것을 알지만, 동시에 아무것도 알지 못했다. 매일 밤 자기 어머니일지도 모르는 어느 부인에게 모욕당하는 꿈을 꾸는 남자를 만나도, 여자가 그에 관해 알게 된 유일한 정보는 저속한 일상의 갈등뿐이었다. 사람들이 숨기는 것이나 여자 자신이 다른 이들에게 숨기는 것은 대개 특별할 것 없는 평범한 문제였다. 하지만 모두가 겪는 고통이라도 그것을 함구하거나, 그 일 때문에 과도하게 괴로워한다면 그것은 **비정상적인 일**로 둔갑했다. (170쪽)

모든 삶의 가능성을 박탈당한 주인공은 생활비를 절약하기 위해 자기가 근무하는 호텔의 꼭대기 방—실제로는 존재하지 않는 비현실적 공간이다*—에 사는데, 어느 날부터 자신의 꿈조차 박탈당한다. 다른 사람의 꿈을 꾸기 시작한 주인공은 자신만의 공간, 자신만의 꿈, 자신만의 자아를 되찾기 위해 밤거리를 배회하거나 거리에서 자는 등 망상적이고 착란적인 증상을 보인다.

〈헤라르도의 편지〉와 〈잇몸〉의 주인공처럼, 《토끼들의 섬》 속 인물들은 광기의 회로를 통해 정상적인 삶의 틀을 벗어나고, 동시에 현실이라는 가상의 세계로 침투해 들어간다. 인물들이 끊임없이 어디론가 이동하는 것도 바로 이런 이유 때문이다. 공간에 대한 작가의 집착은 '호텔 방'처럼 인간 존재를 가두고 삶과 욕망을 억압하는 현실에 대한 메타포일 뿐만 아니라, 광기라는 탈주선을 따라 '지옥'의 미로에서 벗어나려는 필사적 시도에서 비롯된 것이

---

* 이 소설집에는 비현실적인 공간이나 존재가 많이 나타나는데, 대표적인 예로 '헤라르도의 편지'를 들 수 있다. 나탈리아가 브뤼셀에 머물 때, 편지를 계속 보냈지만 헤라르도는 답장을 한 통도 하지 않았다. 따라서 '헤라르도의 편지'라는 제목은 이 세상에 존재하지 않는 편지이자, 더 나아가 존재하지 않는 것, 그리고 욕망의 대상을 상징한다. 〈스트리크닌〉 〈역행〉 〈미오트라구스〉 〈지옥의 건축학을 위한 기록〉도 마찬가지다.

다. 인물들은 이동이나 여행을 하면서 항상 변화를 경험하는데, 이를 통해 종종 괴물로 변신하기 ─ 카프카적인 세계! ─ 도 한다. 귀에 발이 생겨 계속 자라다가 결국 거기에서 작은 입이 달린 발가락이 돋아나와 "거미처럼 움직이는" 어느 여인의 이야기(《스트리크닌》)와 서서히 벌레로 변해가는 이스마엘의 이야기(《잇몸》) 그리고 페드로 후안 대공이 멸종 동물과 동일화되어가는 이야기(《미오트라구스》) 모두 주인공의 이동 혹은 여행에서 비롯되는 결과다.(《비망록》처럼 공간 이동 없이 주인공의 상황만 변하는 경우도 있다.) 변화 혹은 변신의 주제가 일반적으로 다른 공간으로의 이동을 전제하는 것은 우리가 거주하는 장소에서는 '거리 두기'가 불가능하고, 따라서 타자로의 변신이 일어날 수 없기 때문으로 보인다. 작가의 말처럼 "변신은 도주에서 시작되며, 다른 공간으로 이동하는 것에서 비롯"된다. 이러한 인물들의 이동은 단순한 수평적인 공간 변화가 아니라, 현실의 틈, 즉 '지옥'의 설계도를 따라 하강하는 수직 운동이다.

결국 우리 눈앞에 펼쳐지는 것은 아름답고 평화로운 유토피아가 아니라, 지옥 같은 인간 존재의 조건이다. 다시 말해, 모든 현실의 질곡에서 벗어나고 정상적인 것의 강고한 틀을 깨고 난 다음에 우리가 마주하는 것은, 보들레르가 《파리의 우울》에 남긴 예언처럼 "어느 누구에게나 설명할 수 없는 **공포심**을 불러일으키는 그 복음"(156쪽)이다. 현대 자본주의 사회를 움직이는 중심축으로서의 공포심.

> 오줌 냄새가 코를 찌르는 교각 아래에 도착했을 때, 여자는 도시에 포위된 듯한 느낌이 들었다. 건물 사이에서 거대한 원을 그리고 있는 콘크리트 바닥은 호텔에 있는 여자의 방과 다름없었다. 그것은 예외 상태, 즉 모든 합리적인 공간에서 분리된 영역이었다. 여자는 어마어마하게 넓은 저 땅에서 무슨 꿈을 꾸게 될지 두려웠다. 수천 명에 달하는 사람들의 꿈이 여자의 꿈속으로 밀고 들어올까? 그렇게 머릿속에 들어온 무리가 여자를 파멸시키고 말까? (184-185쪽)

작가는 그 공포심을 피하지 말고 광기의 시선으로 당당하게 맞설 것을, 그래서 과감하게 우리 손으로 악마적인 세계를, '지옥의 건축학'을 완성할 것을 주문한다. 아무리 썩어 문드러져 '악취'를 풍기는 세계라 할지라도 **"무언**

가"가 있을지도 모르니까. 그리고 그런 "정신병"은 우리가 "아무도 모르게(어쩌면 자기 자신도 모르게) 살아온 **다른 삶**을 숨기기 위한 구실이나 핑계였을지"(146쪽)도 모르니까 말이다. 그토록 부패한 삶의 조건이야말로 새로운 삶의 형식으로서의 이야기가 싹을 틔우기 위한 최상의 조건이 될지도 모르니까 말이다.

엘비라 나바로는 이 지점에서 독자들에게 그렇게 할 수 있는 한 가지 방법을 제안한다. 바로 당면한 현실, 인접한 삶의 조건에서 "거리(를) 두"(140쪽)*고 다른 세계를 상상하는 것이다. 이 방법을 가장 극적으로 보여주는 이는 〈토끼들의 섬〉에 나오는 "가짜 발명가"다. 그는 "자신이 떠올린 모든 아이디어를 발명이라고 간주하기 시작했다. **이미 만들어진 물건을 조립하기 위해 무엇이 필요한지 스**

---

* 사족이지만 거리 두기 방법은 어린 시절 작가의 원체험에서 비롯된 것으로 보인다. "그 순간, 어둠에 잠긴 어린 시절의 거실, 여러 시간 동안 켜져 있던 텔레비전, 마약에 취해 난폭해진 권태가 여자의 눈앞에 가물거렸다. 텔레비전 앞에서 시들어가던 두 사람. 울화가 치미는 정적이 지나가고 월요일 아침이 되면, 두 사람은 직장에 갔다가 기분이 상쾌해져서 집에 돌아왔다. 그래도 또 다른 걱정거리를 안고 온 덕분에 심연에서 벗어나 밤 10시부터 자정까지 소파에 앉아 텔레비전을 보았다. 그건 또다시 세상에 내던져지기 전 잠깐의 휴식이었다. 어떤 주말이면 그들은 소파를 피했다. 그 대신 폭스바겐 파사트를 타고 다른 지방으로 순례를 떠났다. **모든 일에서 벗어나 다른 현실을 상상할 수 있는 좋은 방법**이었다. 그럴 때면 그들의 딸인 여자는 워크맨 이어폰을 끼고 뒷좌석에 탔다. 그리고 **자기만의 세계에 빠져들었다.**"(256-257쪽)

스로 발견하는 것이 그가 사용한 방법이었다. 보통 몇 달이 소요되었고, 그는 이 일이 진정한 천직이라고 여겼다. 다시 말해, 이미 발명된 것을 발명하는 일 말이다. 그가 얻은 즐거움은 주말 등산객이 산 정상에 도달할 때 느끼는 쾌감과 비슷했다."(9-10쪽) 가짜 발명가처럼 우리는 이미 만들어진, 혹은 이미 발명된 현실이 구성되는 방법과 순서를 발견하고 발명해야 한다. 그렇게 함으로써 현실의 틈을 파고 들어가 그 질서를 무너뜨리고, 부스러진 파편으로 새로운 세계를, 새로운 삶을 발명해낼 수 있다. 결국 엘비라 나바로에게 거리 두기와 가짜 발명가의 발명은 '시간'의 문제다. 미래란 단순한 현재의 연장선이 아니라, 오히려 현재로 밀려오는 미정형의 세계, 과거의 파편이 새롭게 조합되면서 일시적으로─에피퍼니!─ 우리 앞에 모습을 드러내는 시간을 가리키는 것이리라. 따라서 엘비라 나바로의 글쓰기는 다양한 미래를 빚어내는, 그리고 이를 다시 부수고 새로운 것을 창조하는 실험이다. 가능한 것의 실험실로서의 글쓰기. 그의 글쓰기는 끊임없이 과거에서 미래를, 가능한 것을 조합하고 창조하는 실험이다.

앞으로 이야기는 여자가 낯선 사람인 것처럼 **3인칭 시점**으로 서술될 것이다. 여자는 방금 상상한 차분하고 냉정한 분위기 속에 자리 잡기를 원하며, 자신의 글 또한 그런 어조로 쓰기를 원한다. 그것은 **앞으로 일어날 일을 예측하기 위해 새로운 두뇌를 시험**해볼 가장 좋은 방법인 듯하다. (30쪽)

엘비라의 나바로의 문학 세계는 이처럼 **현실에 개입해서, 현실을 변화시키는 픽션의 역량**을 실험하면서, 이 점을 그 텍스트의 핵심적인 구성 원리로 삼고 있는 셈이다. 이를 가장 극적으로 드러내는 작품은 아마 〈점술가〉와 〈비망록〉일 것이다. 두 단편에서 주인공은 휴대전화를 통해 의문의 메시지를 받는다. 전자의 경우, 주인공은 예언 메시지를 실제 삶에서 확인하기 위해 스스로 그 사건을 만드는—보바리즘!— 반면, 후자에서는 얼마 전에 돌아가신 어머니가 고인과 주인공의 과거에 얽힌 사진과 메시지를 페이스북에 계속 올린다. 일상적 시간과 사건의 논리가 무너진 듯이 보이는 두 작품에서 그들이 받은 메시지는 진짜 점술가와 어머니가 발송한 것이 아니라, 주인공의 "머릿속에 남아 있는 기억의 단편"(204쪽)이자 주인공의 "그림자"(266쪽)가 투영된 허구였던 셈이다. 두 작품을 통해 작가는 픽션이 과거의 단편을 새로운 방식으로 조합함으로써 미래를 예측할 뿐 아니라, 새로운 삶을 빚어낼 수 있다는—비록 잠정적이라 할지라도— 것을, 따라서 절망적인 이 세계를 견뎌낼 힘과 희망을 준다는 사실을 암시하는 것이 아닐까?

토끼들의 섬

1판 1쇄 인쇄 2024년 10월 2일 **1판 1쇄 발행** 2024년 10월 24일

지은이 엘비라 나바로
옮긴이 엄지영

발행인 박강휘
편집 백경현 박정선 **디자인** 이경희
마케팅 이헌영 박유진 **홍보** 반재서

발행처 김영사
주소 경기도 파주시 문발로 197(문발동) 우편번호10881
등록 1979년 5월 17일(제406-2003-036호)
구입 문의 전화 031)955-3100 **팩스** 031)955-3111
편집부 전화 02)3668-3289 **팩스** 02)745-4827 **전자우편** literature@gimmyoung.com
블로그 blog.naver.com/viche_books
트위터 @vichebook **인스타그램** @drviche @viche_editors
ISBN **978-89-349-3546-9 03870** 책값은 뒤표지에 있습니다.

비채는 김영사의 문학 브랜드입니다.